# 銅《あかがね》の軍神

## 天皇誤導事件と新田義貞像盗難の点と線

智本光隆

郁朋社

# 銅の軍神　―天皇誤導事件と新田義貞像盗難の点と線―／目次

## 【新田氏系図】

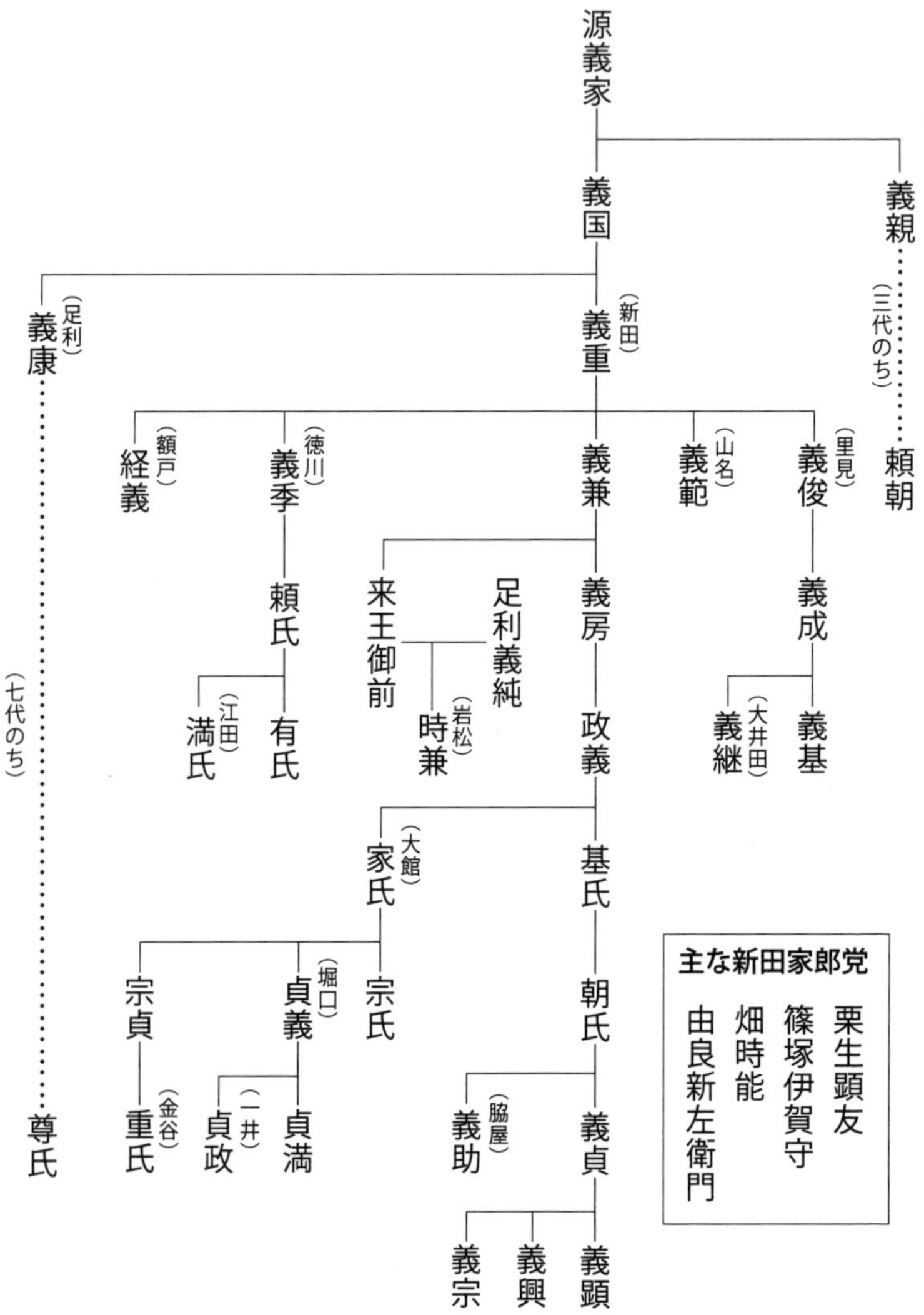
源義家
義国
義親
（三代のち）
頼朝
（足利）義康
（七代のち）
尊氏
（新田）義重
（額戸）経義
（徳川）義季
頼氏
（江田）満氏
有氏
義兼
来王御前
足利義純
（岩松）時兼
義房
政義
（大館）家氏
宗貞
（金谷）重氏
（堀口）貞義
（一井）貞政
貞満
宗氏
基氏
朝氏
（脇屋）義助
義貞
義宗
義興
義顕
（山名）義範
（里見）義俊
義成
（大井田）義継
義基
主な新田家郎党
栗生顕友
篠塚伊賀守
畑時能
由良新左衛門

# 序　稲村ヶ崎　―元弘三年五月二十二日―

「この海を渡るのか……」

呟きをかき消すように、夕方から吹きはじめた風は強さを増す。身体を打つ潮風には少し前から雨が混じるようになった。

兵士たちの目の前には近づくすべての者を呑み込むように、どこまでも暝い海が広がっていた。

元弘三年（一三三三）五月二十二日未明。

後醍醐《ごだいご》天皇が倒幕の檄を飛ばしてから二年余。日本各地で繰り広げられた戦いは当初は鎌倉幕府有利に進んだ。それは楠木正成《くすのきまさしげ》ら天皇方の奮戦の内に諸国の武士の旗色を変え、足利尊氏《あしかがたかうじ》が幕府を裏切ったことで今や完全に形成は逆転した。尊氏は京都を制圧し、ついに畿内、四国、九州の幕府軍は総崩れとなった。

残るは関東のみ――この東国の地にも日増しに官軍（天皇軍）の旗が立つ中で、幕府は残存兵力のすべてを本拠地・鎌倉に集めると、激しい抵抗をみせた。

鎌倉は三方を険峻な峰、そして南を海に囲まれた天然の要害である。破竹の勢いで勝ち進んできた官軍も、狭い切通しを固める幕府軍を突破できず、ここ数日は苦戦を強いられていた。

この夜、鎌倉西側の稲村ケ崎《いなむらがさき》の浜に集められたのは、官軍の中でも精鋭中の精鋭である二百名だった。その選び抜かれた猛者《もさ》たちでさえ、これから決行される作戦を前に顔に不安の色を浮かべていた。

丑《うし》刻半（午後三時）が近づいた頃、集まった兵たちの前に赤糸縅《あかいとおどし》の大鎧を身にまとったひとりの武士が姿をみせた。

「新田《にった》殿……御大将じゃ」

「本当にこの稲村ヶ崎の海を渡るおつもりか。沖には敵の軍船がひしめいてもいる」

「明らかに無謀ぞ」

命知らずの坂東武者たちでさえ恐れの声を漏らす中で、新田義貞《よしさだ》は兵たちの前を通ると波打ち際へと出た。

兵の中からひとりの若武者が、義貞の前に進み出て膝をつく。一振りの黄金《こがね》作りの太刀を差し出すと、他の誰の耳にも届かない小声を発した。

「刻限が近づいております。父上、お早く」

義貞は無言のまま黄金作りの太刀を手に取ると、海へと足を踏み入れた。

波が寄せては返し、砂に残った義貞の足跡を消す。

義貞は太刀を両手で捧げ持つ。瞑い海を遥々と拝した。

「南無八幡大菩薩。龍神に願い奉る。我が軍にこの海を渡らせ給い天下を太平たらしめよ」

義貞は太刀を右手に握ると、天へと高々と放った。

将兵の目が一斉に太刀を追う。

投じられた太刀は一度夜空の中に吸い込まれると、小さな水音を残して稲村ヶ崎の海へと消えた。

それから四半刻（約三十分）ほどして、

「潮が……潮が沖へと引いていくぞ！」

見張りの兵が興奮した声で沖を指さした。

稲村ヶ崎の潮は大きく引き、海を埋めるように舳を並べていた幕府軍の軍船も沖へと流された。

そして干潟となった波打ち際には一筋の道が開かれていた。そこに遮る敵の姿はなく、道は鎌倉へと真っ直ぐに延びていた。

将兵たちは目の前で起きた出来事に息を呑む。ひとりが、「これは神仏の起こし給うた奇跡か……」と声を震わせ、大将たる義貞の姿を仰ぎ見た。

それは恐怖すら感じさせるほどの威厳を備え、誰もがそこに畏怖と神意すら覚えた。

義貞は腰にはいた太刀を抜き放つ。刃が暗い夜に鋭い光を放つ。

「龍神が我らに道を開かれた。強者《つわもの》たちよ、いざ鎌倉へ進むべし！」

その声に将兵たちは我に返ったように、次々と雄叫びを上げる。口々に義貞を讃えた。

「義貞様は軍《いくさ》の神ぞ」

「我らは龍神に守られておるのだ！　この戦の勝ちは疑いないぞ！」

地鳴りのような喚声に夜が震える。誰もが目の色を変え、我先にと競うように鎌倉へと開かれた道を駆け出していく。

「見事に策がはまりましたな。皆、御館様を神の如く讃えておりますぞ」

隙のない身のこなしをした壮年の郎党が、上気した顔で鎌倉へと進んでいく軍勢を見送る。

幕府軍は鎌倉へと続くすべての道を守っていたが、丑刻半前の引き潮を利用して攻めてくるとまでは予想していないはずだ。味方は無人の干潟を駆け抜けて、鎌倉内に攻め込むことができるだろう。

一度、鎌倉内へ入ってしまえば勝敗は決したも同然だった。この強風を利用して館に火を放ち、混乱の中で敵を討ち果たす。それですべての戦が終わるはずだ。

砂を踏む音がして、義貞に太刀を手渡した若武者——十七歳になる義貞の嫡男・新田義顕《よしあき》が走り寄った。

「父上、それがしも諸将と共に鎌倉に攻め入ります」

「おお、若殿もお励みなされ。この戦に勝てば我らが御館様が天下人ですぞ」

「天下人か」

義顕は下を向いて笑った。その様子を見た壮年の郎党は「何がおかしいので?」と訊ねると、「いや、我が父が統べる天下がどんな世なのか想像できなくてな」と、なおも笑い続けた。

義貞は一言も言葉を発することなく、稲村ケ崎に開かれた道の先を見つめていたが、腰に差した短刀に手をかけた。

「義顕」

駆け出していこうとする息子の背を、義貞は呼び止めた。

# 第一章　銅像

# 一

「やっぱり昨日のフリーは何回観ても泣けるよねー」

学生食堂の六人がけテーブルの相向かいに座り、もう一時間も遥《はるか》はスマホの画面に向かって、何度も同じことを言っていた。

「ねえねえ、彰《あき》ちゃんもそう思うでしょう？」

「そうね」

彰子は短く相槌だけを打つ。これも何度目かわからない。

適当なその場の受け答え……なのは自覚していたが、遥はそんなことよりも、すっかり画面の中の陰陽師に扮したスケーターに夢中だった。何回も「セイメイがセイメイが」と言うので、「セイメイって安倍晴明《あべのせいめい》のこと？」と訊《き》くと、「まあ、それはよくわかんないんだけど」と返事が返ってきた。

(古典の授業の時はなんの興味もなさそうだったしね)

安倍晴明やその孫が主人公の小説なら知っている……彰子はそう教えようとしたが、そのまま黙っていた。遥が興味あるのは演技の題材ではなくて、氷の上の本人だけだろう。

今年は年が明けると四年に一度の冬のオリンピックが開かれた。日本中がフィギュアスケートのジャンプの成功に歓声を上げ、カーリングのストーンの行方に一喜一憂していた。

女子学生の多い——女子短大時代の名残だが——この鎌倉星華《かまくらせいか》大学では、特に男子フィギュアスケートが人気だった。仲の良い友達同士で盛り上がろうとショートプログラム、そして昨日のフリースケーティングではこの学食もミニパブリックビューイングと化し、俗にいう「黄色い歓声」が飛んでいた。

(だから今日は静かだと思ったんだけど……甘かったかな)

そんな彰子の心中は何らお構いなしに、目の前の同じ大学院芸術研究科一年の須田遥は、「ずっとファンだった」と公言してはばからない選手が金メダルを獲得したと、スマホで何度も動画を見ながらテンションが下がる気配もない。

「遥ちゃんってフィギュアスケートに興味なんてあったっけ?」

そう思ったものの、声にすれば遥を不機嫌にさせてしまうかもしれないので、だから口にはしない。

それに大学中を見渡せば、そんな学生は彼女の他にも大勢いた。マリリン、サラちゃん、トリプルなんとか……早い話がにわかファンという人種だ。

「足を怪我してるのに……」と目まで潤ませて、感動を語り続ける遥の相手を適当に続けながら、彰子は「教養I」と表紙に書かれた分厚い本に目を落とす。時々蛍光ペンでアンダーラインを引き、ノートにメモを取り……その作業をくり返していた。

「なになに、さっきから真剣な顔で何やってるのよ?」

愛しの陰陽師様の氷上の舞は終わったのか、遥は身を乗り出して彰子の手元を覗き込んだ。

「あ、採用試験の勉強か」

「うん、採用試験の勉強」

「もう冬季休みなのに大学まで来て何してるのかと思った。だけど、気が早くない？　試験って何月？」

「一次試験は六月かな」

「まだ、四ヶ月も先の話じゃない。それよりも彰ちゃんにいい話があるのよ」

遥が満面の笑みをしたので、彰子は憂鬱になった。高等部二年の時に同じクラスになってからのつき合いだが、彼女にとっての「いい話」が、彰子にとっても「いい話」であったことはあまりなかった。

「今度ねぇ、東京のK大のスキーサークルの男子と苗場《なえば》に行こうと思うんだけどぉ」

「遥ちゃん、フィギュアスケートの話はどうなったの？」

「それはそれ。それでどーしても、どーしてもね、彰ちゃんを紹介してくれって頼まれちゃってぇ」

両手を合わせて彰子を拝んでいるが、口調で特に悪いとも思っていないのは明らかだ。遥は人と人との間を取り持つことが、この世で何より大事と思っているタイプなのはよく知っていた。

「わたしはスキーしたことって中学のスキー教室だけしかないし……」

彰子は読みかけのページに、栞がわりに水色の付箋を貼って参考書を閉じた。

「向こうはスノボでもOKだって」

「そういうことじゃなくって、ただでさえ寒い時に寒いスキー場とか行くのはちょっと……。あとスキーでもスノボでも、わたし道具とか持ってないよ？」

「あ、それなら大丈夫。向こうの男子が道具からゴハンから全部用意してくれるって。雪の上でバーベキューやるって言ってたよ」

知らない男子のいるところになんて行くのは御免……そう断りたいが、遥を不機嫌にさせたくない。顔色を伺いつつ、彰子は「そういえばね」と話しを逸らそうとした。

「遥ちゃんの方は就活どうなったの。研究室の先生も心配してたよ」

「私は平気平気。元々大学院もうちょっと遊びたいんで来たようなもんだしねー」

冬季休み中で今日は特に注目競技も無いので、午後の学食は閑散としていたが、遥は穏便でないことをさらりと言った。

「私も彰ちゃんと一緒に教育実習行って教員免許は取ったけど、今時先生なんかになってもねぇ」

彰子は「そんな、大学院を腰かけみたいに」と喉まで出かかったが呑み込んだ。

「でね、さっきの話だけど……」

遥が話を戻しかけた時、スマホの着信音が鳴った。待ち受け画面を見て彼女は「いけない」と舌を出した。

「誰？」

「彼氏。私は先に帰るね。あ、そんなわけだから苗場の件はよろしくねん」

「わたしはやっぱりそういうのはあんまり……」

「あっちは彰ちゃん目当てなんだから。それにいい加減、彼氏のひとりも作りなよねー」

テーブルの上に出していた雑誌だの財布だのパスケースだのを、遥はさっさとバッグにしまう。確かこのブランド物のバッグは、電話の彼氏からのプレゼントだ。彰子の記憶ではその彼氏は話に出てきたK大でもなければ、スキーサークルでもないが。

「せめて来週の顔合わせだけは来てよね。あ、それから彰ちゃんはコンタクトにすれば可愛いんだから、そのダサいメガネは止めてよ。前に一緒に買った白のワンピあるでしょう？　あれ着てきて。それから、愛想良くしゃべってよね」

「冬にワンピとか寒くない？」

「そんなこと言わないで。友達でしょ？」

最後にちょっと釘を刺すような言い方をして、遥は甲高いヒール音を響かせて小走りに学食から出ていってしまった。

「友達……か」

彰子は遥の出ていった、観音開きのドアがまだ揺れているのを見ながら呟いた。

採用試験の勉強を続けようとしたが、すっかり集中力を削がれてしまった。手にしたままだった参考書をテーブルの上に放るようにして、「ダサい」と断定された茶色フレームのメガネを外して彰子は目を瞑った。

活字に疲れた目を休めていると「雨野《あまの》さ～ん、もうここ閉まるからね～」と、顔見知りの職員が通りすがりに彰子に声をかけていった。

「あ、今日はここ四時までだったっけ」

冬季休みの期間中は学内の施設の終了時間も早い。図書館は蔵書整理期間中で、今日は最初から開いていなかった。

（家に帰ってもどうせ真治《しんじ》がゲームしていてうるさいだけだし）

彰子は溜息をついた。

「しょうがない。駅前のＲＥＳＴＡ《レスタ》寄ってから……帰ろ」

テーブルの上の参考書やノートを、ちょっと年季の入ったトートバッグにしまう。でも、いくら目の前で大騒ぎされても、簡単に集中力を途切れさせてしまうのも問題だった。

(昔はこれでも優等生で通っていたんだけどなぁ……はあ)

彰子はバッグを手にして立ち上がった。

## 二

大学のすぐ前には江ノ島電鉄の「鎌倉星華大前駅」があった。

駅は十年前に造られたもので、明治三十五年（一九〇二）開業の江ノ電の駅の中ではもっとも新しく、他の駅舎とは一風変わった造形をしていた。

これは新駅に出資した大学が、イタリア人建築家にデザインを依頼したのだが、歴史ある江ノ電と七里ヶ浜の景観にマッチしているとは言い難く、周辺住民からの評判は至って芳しくないらしい。

駅前には木目調のシックな外観で、星華の学生にはお馴染みのイタリアンレストラン「ＲＥＳＴＡ」があった。

彰子が店の中に入ると奥側の席で三人、紺のセーラーブレザーの制服を着た女子が店員を前にメニューを広げてしゃべっていた。大学に隣接している高等部の生徒たちだ。彰子も五年前まで同じ制服を着て毎日通学していたが、もう随分と昔のことのような気がした。

後輩三人がなかなか注文を決めそうにないので、彰子は先にトイレに行くことにした。

用を済ませて手を洗い、ハンドタオルで手を拭いていると、目の前にある大きな鏡に自分の姿が映っているのに気づいた。

「あ〜……我ながらつまんなそうな顔してる」

左手の指をくるくると、ミディアムボブの髪に巻きつける。髪型も髪色も地味とよく言われるが、モテ髪とかにまったく興味もない。

鏡に映った「つまらなそうな顔」の下は、服は黒のデニムに白のニット、それに一昨年買ったダッフルコート。遥に言わせると「女の子として去年と同じ服を着るなんてありえない」そうだが、彰子としては二月にピンクのミニスカートに生脚、サンダルで走っていった遥の方がずっとおかしい。

(まあ、みんなあんな感じか。我が大学は)

鎌倉星華大学は江ノ電開業の三年後に開校した、鎌倉星華女学校が前身だ。神奈川四大女学校のひとつに数えられる伝統校で、初等部、中等部、高等部までは所謂エスカレーター式女子校である。昭和四十年代に女子短大を新設したが、平成のはじめに人文学部と芸術学部の共学四年制に移行して、その時に学園全体も大学を中心に再編された。

しかし高等部を卒業すると、成績上位者は受験して東京などの大学へ進学してしまうため、鎌倉星華大学へ内部進学した生徒はどちらかというと、「のんびり」と学生生活を送ろうという子が多い。

前髪を適当に弄ってトイレから出ると、高等部の三人組はまだおしゃべりの花を咲かせていた。

「でね、高校じゃあやっぱり……」

「卒業旅行には……明日は買い物に……」

彰子の耳にそんな会話が聞こえた。

(遥ちゃんと同じ内部生かな)

初等科からエスカレーターで上がってきた「生え抜き」の内部生は、女学校時代からの星華の伝統に「誇り」があるらしく、学園再編後も「高等部」と言わず「鎌倉星華女子高校」の呼称が生きている。彰子は別にどっちでもいいと思いながら、時と場合により使い分けていた。

彰子のような高等部を受験して途中編入した生徒は「外部生」と呼ばれ、彼女たちとではやっぱり少し雰囲気が違う……らしい。会話の内容からして三年生のようだが、この時期にのんびりお茶しているところを見ると、三人とも大学に内部進学の可能性が大だった。

窓際の二人席に座ると、彰子は注文を取りに来た店員にブレンドコーヒーだけ注文した。店員の「お食事もご一緒にいかがですか?」との勧めに「いいです」と返事をした。

常に笑顔を絶やさないことになっているこの人気店の店員が、ちょっと不快そうな顔でバックヤードに引っ込んでしまった。こんな反応を見るたびに「またやった」と彰子は思うのだが、これが遥の言う「愛想悪い」ところだろう。困ってもいないので、あまり直す気もないが。

普段は大学の学生たちで賑わう「RESTA」の店内も、冬季休みでしかも時間も中途半端なので、お客は彰子の他にはさっきの高等部の三人がいるだけだった。大学生ならともかく、この店は高校生が常連になるには少し高い値段設定になっていた。

店員がコーヒーを運んでくる前に、彰子はバッグから参考書、ノート、電子辞書を取り出した。静かな場所を求めてわざわざ冬季休み中の大学まで来たが、遥につかまるとは計算外だった。

（せめて、今日のノルマだけでも終わらせないといけないんだけど……あれ？）

バッグから出した新聞に彰子は違和感を覚えた。試験には時事問題も出題され小論文もあるので、新聞は自宅で取っているものの他に、別のもう一紙をわざわざ買って読むようにしていた。その違和感の正体に最初こそ気づかなかったが、裏面にひっくり返してやっとわかった。

「遥ちゃん……一面だけはがして持っていって！」

思わず出た少し大きな声に、高等部の三人とカウンターの店員が同時にこっちを向いたので、彰子は誤魔化すように目を逸らして取り繕って澄まし顔をした。

午前中に大学の売店で買った新聞の右上には、紙名を表す「○○新聞」の大文字はなく、枠外に（3）の文字があった。記憶によれば今日の一面には昨日の男子フィギュアでメダルを獲得して、表彰台で笑う選手の大きな写真が掲載されていたはずだ。

そういえば、学食のテーブルの上でこの新聞を見ていた遥が何度も「この写真いいなーいいなー」と言っていた。彰子がトイレにでも行ったタイミングに、一面だけこっそり外してそのまま持ち帰ったに違いない。

さすがに少しカチンときて、彰子は携帯電話を取り出した。ここのところ、さすがに他の子が使っているのをめっきり見なくなったピンクのガラケーで、『スポーツ新聞でも買ったら？』と遥にメールした。三十秒もしない内に携帯が鳴り、『女の子がそんなことできないもん』との、照れている絵文字までついた返信。

「だったら、彼氏にでも買ってもらえば！」

続けてそうメールしようとして、「だったら」だけ打って手が止まる。電源ボタンを押して表示を消した。これを打っても遥は怒らないかもしれないが、ここは不快にさせないように「合わせて」おかないと苗場の件を断りづらくなってしまう。

携帯をテーブルに置くと、彰子は頬杖を突いた。普段は無愛想とか、しゃべり方が怖いとか言われることがあったが、もう七年近くつき合いのある遥が相手でも、一歩「引いて」しまう時がある。そんな時は不満と嫌悪感で自分が嫌になった。

店員がコーヒーを運んできたので、彰子は新聞をずらしてテーブルにスペースを作った。

（いいや、新聞は諦めよう。確か記事は……）

今日はオリンピック以外は、若手将棋棋士の記事くらいだったはずだ。わざわざ買い直す必要もないだろう。

新聞を指先で摘まむようにしてめくると、一面とスポーツ面以外もオリンピック関係の記事で溢れている。普段は幅を取る政治や外交の記事も、この時期ばかりは脇へと押しやられていた。

それが目に入ったのはほとんど……というか完全に偶然だった。

ほんの数行の所謂「ベタ記事」だ。あとから考えれば、オリンピックで紙面が混み合う中で、総合面の記者は一地方で起きたこの事件をよく記事にしたものだった。

『新田義貞の銅像が盗難被害　群馬県』

その見出しで始まる盗難事件を伝えた記事は、他には盗難の日時が昨日の午前十時過ぎであること。銅像は行方不明であり、犯人はまだ捕まっていないこと以外は何も伝えていなかった。

彰子は午前中にこの新聞を一度読んでいたが、その時はこの記事は見落としていた。オリンピックフィーバー最中の小さな記事であり、目に留めた人は決して多くなかったに違いない。

「銅像……」

だが、彰子はその「新田義貞」「群馬」の短い活字の列を何度も読み返した。

新聞を閉じると彰子はコーヒーカップを手にした。冷えたコーヒーは苦手な苦い味がした。

三

「RESTA」で四時間ほど採用試験の勉強をしてから、彰子は八時少し前に店を出た。

鎌倉星華大前駅から江ノ電に乗ると、JR鎌倉駅で横須賀線に乗り替えて一駅の北鎌倉駅で下車した。改札を出ると背中の方から発車を告げる「Gota del Vient」が聞こえた。

外に出るとさすがに寒く、彰子はマフラーを首元に引きつけた。それでも、昨日までと比べると今日は風がないだけまだ良い。それに、ここよりも冬の寒い土地を彰子はいくつも知っていた。

北鎌倉駅から歩いて十分ほど――「紫陽花寺《あじさいじ》」として知られる明月院の側に彰子の家はあった。

「雨野」という少しめずらしい部類に入る苗字の表札の家は、総二階建てのクリーム色の外壁をした洋風家で、瓦屋根が多く残る周囲の景色には少しミスマッチだった。元々、ここには彰子の父方の祖父母の家があった。祖父が十四年前――彰子が十歳の時に亡くなってからは、祖母の澄子《すみこ》がひとり暮らしをしていた。

八年前――彰子が高校に入学した時に、父の知弘《ともひろ》は純日本家屋だった古い家を取り壊して、ここにこの家を建てた。五人同居となったのもつかの間で、半年足らずで祖母が病に倒れ入院し、そのまま退院することなく亡くなった。

「ただいま」

コートを脱いでリビングに入ると、ソファーに座った母の麻衣子《まいこ》が「おかえり」とテレビから目を離さずに応えた。続けて「ご飯は？」と聞かれたが、「食べた」と返事をした。

母はテレビを見ながら、膝にトイプードルを乗せていた。名前は「すばる」で家を建てた時に犬を飼いたいという母に、「社宅と違って庭があるんだから、秋田犬とか大きな犬を飼わない？」と彰子は提案したが、ペットショップで母が選んだのがこの犬だった。

母の「早くお風呂に入りなさいよ」との声に、「うん」と適当に返事をして彰子は二階へ上がった。

弟の真治の部屋の前を通ると、中からは笑い声がした。

（また、勉強もしないでゲームばっかりしてるな、あのバカ弟は）

彰子はまったくゲームに興味がないが、最近はヘッドセットを使って家に居ながらにして、友達と会話しながらゲームができる……らしい。隣の彰子の部屋まで効果音が聞こえなくなったのは良いが、意味のわからない会話が夜遅くまで壁越しに聞こえて、耳触りなことに代わりはなかった。

真治は四月には高三に進級して受験生になるが、彰子から見て今のところまったく緊張感を持っていない。母は昔から事あるごとに真治には、「大学は国立か東京の有名私立」と言っていたが、今の成績でその期待通りになるとはとても思えない。万事真治に甘い母のことだから、二浪くらいまでは許す気もするが。

ドア越しに「声、うるさいよ」と一言だけ言って、彰子は自分の部屋に入り照明のスイッチを押した。

高校から使っている机と本棚、他は画材道具が適当に置かれた部屋は、遊びに来た遥から「女子力に欠ける」との評価を受けた。ベッドの足元にぬいぐるみがあったが、これは横浜を本拠地とする野球チームのマスコットだ。前に真治が親戚からもらったものだが、「弱いチームなんでいらない」と言ったのを「マスコットに罪はないでしょう」と、彰子の部屋に引き取っていた。

そのかなりイビツな星形の頭をポンポンと撫でて、彰子は自分の机の前に座ってノートパソコンのスイッチを入れた。

探索エンジンに「新田義貞　銅像　盗難」と入力したが、さっきの新聞の記事以外ヒットしない。続けて、群馬県の地元新聞のサイトにアクセスしてみた。だが、地元紙でも全国紙より数行長い程度の記事が掲載されているだけだ。もっとも、ここまでなら「ＲＥＳＴＡ」でガラケーから試していた。

それでもしばらくネット上を調べていると、妙に詳しく書いてあるサイトがあった。

「太田新報……？」

その新聞名は彰子の記憶にはなかったが、太田は群馬県東部の市で、内容を見る限り太田市とその周辺の事件、地域の行事などを中心にした所謂「地域コミュニティ紙」という感じだった。

「太田市新田の生品《いくしな》神社の新田義貞像が盗まれたことが、十九日午前十時四十五分ごろ、地元住民の通報によって判明した」

彰子は記事を声にして読んだ。

「太田市新田」というのは市町村合併の時に、住民の要望で市名の後に由緒ある「新田」の名を残して加えたものだと聞いた。確か旧町名の「新田町」で呼ぶ人も多かったはずだ。

「銅像は一九四一年建立で高さが八十センチ。コンクリート製の台座にボルトで固定されていたが、足元からもぎ取られた……。一九四一年は昭和十六年だから太平洋戦争のはじまった年ね」

他には「価値は二百四十万円ほど」ということと、「何故盗まれたのか不思議」という、神社氏子総代のコメントが載せられていた。

記事の横には盗難前に撮ったものらしい、「新田義貞公像」と彫られた台座の上に、額の前あたりで両手で太刀を水平に捧げ持った武将の銅像を写した写真が載せられていた。

「歴史に名高い新田義貞……」

「何だっけ、それって？」

いきなり背後から声がした。彰子はびっくりして振り返ると、パジャマ替わりのトレーナーを着た真治が、後ろからパソコンの画面を覗き込んでいた。

「真治、わたしの部屋に入る時はノックくらいしなさいよ」

「いいじゃん別に。それより今の歴史に……何だっけ？」

「新田義貞。上毛かるた」

「あ、思い出した。群馬の小学校で散々やらされたご当地カルタだ」

真治は嫌なことでも思い出したように自分の手を押えた。

「正月にクラスでやったら女子まで目の色変えて札奪い合ってさ。僕なんて三枚しか取れなかった。へえ、銅像が盗まれたんだ……あれ？　でもこれってさ」

「いいから部屋から出ていって！　わたしは採用試験の勉強するんだから、真治もいい加減に受験勉強始めたら？」

「はいはい。僕の高校はお姉ちゃんとこと違って、内部進学できる付属大学ないしね」

真治は捨て台詞めいたことを言って背中を向けたが、ドアのところで「お母さんが早く風呂入れってさ」とつけ足して、部屋から出ていった。

## 四

真治がいなくなると、彰子は画面の印刷表示をクリックした。

机の横においたプリンターが動きＡ４紙が排出されると、メニュー画面から終了を選択してパソコンの電源を切る。

次に本棚の前に行くと、彰子は一番下の棚を端から順に確認した。昔誕生日にもらった絵本、大学の先輩がくれた作品集、好きな画家の画集、語学の授業で使ったフランス語の辞書……

「あった」

探していたものは棚の一番右端にあった。もう何年も開いていないので、上部には薄く埃が溜まっており、それを指で軽く払った。深緑色の表紙には、

『前橋T中学校卒業アルバム』

と赤文字で書かれていた。

彰子が本棚に置いてある卒業アルバムは小、中、高でこの一冊だけだった。小学校卒業はフランスなので卒アルなんてなかったし、高校のはどこかにしまったままだ。隣の敷地の大学に移っただけなので、卒業という感覚もあまりなかったが。

ベッドに腰かけると、彰子はちょっと緊張して表紙を開いた。

彰子は鎌倉生まれではない。父は横浜市に本社を置く海北《かいほく》銀行に勤める銀行員で、彰子が生まれた頃は東京の新橋支店に勤務していた。

銀行員の常で父は彰子が生まれてからも二、三年を目途に転勤した。彰子が小学校に入学したのは京都だったが、二年生に上がると父は宮城県の仙台支店に移動となり転校した。四年生の時にフランスのパリ支店の勤務となり、家族揃って海外生活を送ることになった。フランスの学校に入学する時は、何本も予防接種の注射を打ってそれが嫌で「もう日本に帰りたい」と泣いて、早々に外国暮らしが嫌いになった。

父のフランス勤務は約三年間で、ようやく移動の辞令が出て雨野家は日本に帰ることになった。

母はこの時、移動先は横浜本社か東京都内の支店だと思ったらしい。ところが、父の新しい赴任先

は群馬県の前橋市だった。

「せっかく日本に帰るのに、地方になんて行きたくないわ」

東京生まれ東京育ちの母はこれに反発して、帰国の日が迫っても父と毎日のように口論していたのを彰子は覚えている。最後は母が渋々承諾して、帰国するとそれまで縁もゆかりもなかった前橋に移住した。

彰子が前橋T中学校に転入学したのは、中学一年生の五月の連休明けだった。

この時期が転校生にとってどれだけ最悪なものか、彰子は入学してすぐに思い知らされた。中学校には地域の二、三校の生徒が入学して、最初は出身小学校別に集まっている。それが一度崩れて、新しいグループができるのが連休前の時期……クラスはもう動き出していた。教壇の横に立って「フランスからきました、雨野彰子です」と挨拶をした彰子を、誰もが「異端者」として受け止めた。クラス全員の注目を浴びただけで、泣きそうになるのを必死に我慢した。

次の日、彰子はもっと辛い思いをした。英語の授業でのことだが先生が「雨野さん、ちょっとフランス語で自己紹介してみてよ」と指名した。先生としてはきっと軽い冗談のつもりだったのだろうが、彰子は断ることもできず、仕方なく立ち上がってフランス語をしゃべったが、それを聞いたクラスの大半の生徒が爆笑した。

「ボンジュール、アンシャンテ！」

男子が大声で彰子を囃し立てた。それがまるで怒られているように怖く聞こえて、着席して下を向いたら涙が出てきた。

最悪だと思ったのは、その翌日が日帰りバス遠足だったことだ。新一年生の親睦を深めるために、毎年五月のこの時期に実施されている行事で、行く先は群馬県の東毛《とうもう》地方と栃木県の足利市だった。古来に「上毛野国《かみつけのくに》」と呼ばれた群馬には、今でも「東毛」「西毛《せいもう》」「北毛《ほくもう》」「中毛《ちゅうもう》」の地名が残っていた。

でも、この時はそんなことはまったく知らず、「行きたくない」ということしか考えられなくて、前の晩は朝になるのが怖くて一睡もできなかった。それでも母に「休みたい」と言い出せずに、彰子は重い足取りでバスの待つ学校に向かった。

彰子はアルバムの「三年間の軌跡」のページを開いた。

入学式の写真の次に、「春の遠足」と題されてあの日の写真が何枚か載っていた。

（泣きそうな顔してるなぁ、わたし）

学校からバスに乗るために歩く生徒の列に、彰子が偶然写っていた。あの頃、一四〇センチに満たない身長で、中一の女子としてもかなり小さかった。ブカブカのブレザーの制服を着た写真の彰子は、口をきつく結んでいた。少しでも口を開いただけで泣いてしまいそうだった。

彰子は写真の中学生の自分の姿を軽く撫でた。

（よくがんばって遠足に行った。えらいえらい）

この写真を撮られた時なんて、「お弁当ひとりで食べるのかな」って不安で一杯だった。でも、この日の遠足に行かなかったら、それからの三年間も違ったものだったかもしれない。

バスは学校から群馬県を横断するように東に走り、最初の目的地は太田市新田の生品神社だった。車内でも誰も話をする相手がおらず、車酔い気味で彰子は気持ちも身体も最悪だった。

生品神社は森に囲まれたこじんまりした神社だった。やけに石碑が多かったが、この頃はまだフランスから帰ってきたばかりで難しい漢字なんて読めず、そこに何が刻まれているのかわからなかった。側に行ったら誰かに「これ読める？」とか聞かれないか——そんなネガティブなことしか考えられず、彰子は神社の歴史を紹介した案内板にも近づかなかった。

春の遠足——そう名称がついていても、そこは小学校の遠足とは少し違っていた。美術の先生から、事前にスケッチブックを持ってくるように言われていて、「神社の風景をスケッチしろ。時間は十五分間」と課題が与えられた。もっとも、それほど強制的なものではなかったので女子はともかく、男子は半数も真面目に描いていなかったが。

彰子はスケッチブックを開いたものの、どこも友達同士三、四人で固まっている。人気があったのは境内の隅にある小さな銅像だったが、人垣が二重、三重にできていてとても近づけないので、その後ろから同級生たちの頭越しに絵を描いた。

「はい、終了。バスに戻って」

十五分経って先生がそう告げると、生徒たちはスケッチブックを閉じて、しゃべりながらバスへと戻っていく。周りに人がいなくなったので、彰子は銅像に近づいた。

それは本当に小さな銅像。太刀を両手で持った銅像で……その時は銅像主の名前はおろか、それがいつの時代の人物か、何をした人なのかも知らなかった。でも、パリで金色のジャンヌ・ダルク像を見たことがあったので、それに比べると「かわいい」サイズだと思った。

台座には文字が刻まれていた。これが銅像主の名前なのだろう。

「なぁに……シンデン……？」

「新田義貞」

いきなり隣に、やっぱりサイズが全然合っていない詰襟の学生服――所謂「学ラン」を着た男子が立っていた。彰子とあまり背の高さが変わらないので、男子にしては少々小さな子だった。絵は描いていなかったのかスケッチブックは持っておらず、代わりに首からはかなり古びたフィルム式の一眼レフカメラを下げていた。

話しかけられて彰子はかなり動揺した。同じクラスの男子かな？　と思ったが、顔を見た覚えはなかった。

「何をした人？　有名な人なの」

「天下を取った」

「え、ホントに？」

「……わけじゃないが天下に手が半分……いや、指先くらいはかかったかもしれない」

「何よそれ」

もう何が何だか全然わからなくなったが、その男子は左手で髪にさわった。その後は、「後醍醐天皇が」「足利尊氏が」「兵庫の湊川で」とか、一方的な話を聞かされたが、彰子にはまったくさっぱり何のことだかわからない。

でも、嫌な気はせず黙って聞いていると、相手は「歴史全然興味ないだろ」と言った。

「うん……。でもね、織田信長とか徳川家康なら聞いたことあるよ」

「徳川家康の先祖にも当たる」

「え、そうなの？　じゃあ、ショウグン様ってのになれるんだね」

「いや……将軍様にはなっていないんだけどな」

ちょっとあわてたような、変なリアクションがおかしくて、彰子は少しだけ笑った。日本に帰ってきてから、はじめて笑えたような気がした。

「ちょっと、そこ動くなよ」

「え……」

「いいから」

その男子は急にカメラを構える。一、二秒の間があって「カシャ」とシャッター音がした。

「今日の記念すべき一枚目」

フィルムレバーを巻いて、「貴重な三十六枚の一枚だ。感謝しろ」と笑った。ニヤッとした感じで、なんだか悪戯好きな子供みたいだと思った。

「隼人《はやと》ぉ、何してんだよ」

境内の奥まで入って絵を描いていたらしい一団が、こっちに歩いてきた。その後ろの方に彰子と同じクラスの女子の顔も見えた。

現れた同級生たちを前にして、隼人と名前を呼ばれた男子はまた笑って彰子の顔を指さした。

「ん、雨野は実は新田義貞の子孫だって」

「え、ホントかよ」

男子のひとりが驚いたが、「本当も何も……」と彰子こそびっくりした。つい今の今まで、名前も知らなかったこの銅像の子孫にされてしまった。どう応えていいかわからず、隼人という男子の顔を見たら、彼は彰子がまったく予想もしていない行動に出た。

「あとさ、こいつ絵が半端なくめちゃくちゃ上手い」

「あ……」

一瞬で彰子はスケッチブックを取り上げられた。ページは開きっぱなしになっていた。

そこにいた全員が彰子の絵を覗き込んで「わっ」と声を上げた。

「マジですげー上手いな」

「ホント、すっごい綺麗。これさっきの十五分で描いたの？」

「さすがフランス帰りなだけあるよな。昨日のフランス語も上手かったけど」

「あんたは笑ってたじゃん。後でちゃんと謝んなよね」

男子と女子が盛り上がる様子に、彰子は「あ、あの……」と口籠ったら、背の高い、ショートカットにした子が「やめなよ。雨野さん困ってるよ」と、スケッチブックを返してくれた。

彰子は元々絵は好きで、小さな頃から上手と褒められた。フランスでは学校の美術の時間以外に特に絵は描かなかったが、やはり環境が違ったせいか、同い年の日本の生徒たちよりも画力はあるらしかった。

スケッチブックが手元に戻ってきてほっとしていると、「おまえら、早くバスに戻れ！」と先生に全員怒られた。他の子たちと一緒に急いで戻る途中で女子のひとりが、「えっと、雨野さん」と話しかけてきた。

「私さぁ、美術部なんだけど良かったら入らない？」

その目はちらちら彰子の胸のあたりを見ている。彰子も他の生徒たちも胸に名札をつけていたが、そこには「1―4　雨野彰子」と学年とクラス、名前が書き入れられていた。

そういえば、さっきの男子は最初から彰子のことを「雨野」と呼んだ。やっぱりこの名札を見たのかな？　と姿を探したが、先にバスに戻ったのか周りにはいなかった。

「あ、あの。さっきわたしのスケッチブックを……あの男の子は？」

「あ、隼人のこと」

応えてくれたのは、スケッチブックを返してくれた子だった。同じクラスで席が近くだったので、名札を見なくても名前は覚えていた。

(篠塚志帆《しのづかしほ》さん)

背が高くて手足もすらりと長く、何より「美人さんな子」と彰子は思った。

「あたしは同じ小学校だったけど、なんかあいつに言われた？」

「ううん。そんなことないよ」

「そう？　訳分かんない歴史の話とかされなかった？　変わった奴だから」

それは確かにその通りだったので、彰子は少しおかしくなった。

バスに乗ると、次の目的地は金山《かなやま》というお城跡だった。そこで「一緒にお弁当食べようよ」と、彰子は志帆から誘われた。

最初は何だか語気が強くて怖い感じがしたが、少ししゃべってみんな普通の同い年の子たちなのがすぐにわかった。もうひとつ、「この県には女言葉ってないのかな？」と思えるほど、男子と女子のしゃべり方があまり変わらなかったが、それも馴れてくるとむしろ気楽に思えた。

この日は渡良瀬《わたらせ》川を越えて、栃木県足利市の中世の大学だという足利学校を見て、群馬に戻ると太田市にある自動車工場を見学した。

彰子はこの間、すっかり打ち解けた女子たちと一緒に行動しながら、生品神社で話しかけてくれたあの男子の姿を探したが、この遠足ではもう一度逢うことはできなかった。

学校に戻ってから彼は、「由良《ゆら》隼人」という名前で一年二組の生徒だと知ることができたが、四組の彰子とは教室が離れていて廊下などでたまに見かけるものの、話をする機会はなかった。

彰子はアルバムの間に挟んであった一枚の写真を手に取った。それは「今日の記念すべき一枚目」だと言われた自分の写真。「貴重な三十六枚の一枚」とは、当時のフィルムの撮影枚数は三十六枚だと後で知った。

不意打ちで撮られた写真は、ひとつ結びの髪型をして、いきなりだったので間抜けに口が半開きになっている。笑顔をつくった記憶はなかったが、写真の中の彰子は少しだけ笑っていた。

近距離でピントが彰子に合っているので、背景の森が緑色にボケていたがあの銅像も後ろに写っていた。

「盗んでどうするんだろう。あんな小さな銅像……歴史マニアの仕業とかかな」

かなり前に「ふるさと創生事業」で造られた、純金のカツオや鯛の像が盗まれる事件があった。でも、あの銅像は大きさも八十センチほどだ。二百四十万円と言っても、溶かして売ったら数十万円が関の山だろう。

「なくなっちゃったんだ、あの銅像」

あの銅像は大切な思い出だった。それが消えてしまったことがとても悲しかった。

卒業アルバムを閉じると、彰子は眼鏡を外してベッドに寝転がった。

# 五

四月になり、彰子は大学院芸術研究科の二年生に進級した。

世間はオリンピックの感動など忘れたように、サッカーワールド杯一色になっていた。遥はサッカー好きの彼氏と一緒に、新横浜まで日本代表の壮行試合の応援に行き、負け試合を見せられたそうだ。

「でも、試合が終わってからスタジアムに居座ってブーイングしている彼見てちょっと引いたわ。しかも、雨だし。私は早く帰りたいのに」

新横浜から戻った遥は、代表の試合ではなく彼氏の態度に不満を持ったらしいが、彰子はそんな話は、相槌だけで聞き流していた。六月の教員採用一次試験が目前に迫っていた。

試験が行われたのは六月の第二日曜日で、会場は横浜市郊外の大学だった。内容は美術科の専門試験と一般教養試験の二つ。これに通過すると、八月の二次試験は論文と面接、美術科はそれに実技試験がプラスされる。

（まずまず……かなぁ）

試験が終わった直後の、それが率直な感想だった。一応この日のために勉強はしたし、この手の筆記試験は彰子の得意分野だった。一次試験は問題なく通過するというのが、研究室の教授の評価でもある。

他の受験者と一緒に教室を出ようとしたところで、彰子は携帯をサイレントモードにしていたことを思い出した。それを解除しようとバッグから携帯を取り出し、待ち受け画面を見て「え？」と驚いた。

「メール三通に電話一件？」

家族も大学の同級生たちも、この時間に彰子が試験を受けているのは知っている。だから、今日は誰もメールも電話もしてこないはずだ。

メールはまず一通は遥だった。時間も二分前で『試験終わった？　なら、ゴハンいこー』という単純なもの。

次は母からで、電話の不在着信も母だった。着信時刻はどちらも一時間前を表示しており、電話の方が五分だけ早い。

「お母さん、わたしの試験の終わる時間を間違えたのかな？」

訝しく思いながらメールの方を確認すると、『終わったらすぐに帰ってきにさい』とある。変換をミスしていた。

（お母さんってば、なにをそんなに慌てているんだろう？）

そう思いながら、最後のメールを確認すると真治からだった。時間は母のとほぼ同じだったが、そのメールを開いて彰子は「え……」と、手が止まった。

液晶画面に表示された文字はたった四文字で、

『警察来た』

だった。

## 六

試験会場から速足で出ると、彰子は最寄りの横浜市営地下鉄の駅に急いだ。

地下鉄のホームから遥に、「ごめんね、行けない」と連絡してから、母と真治に「どういうこと。警察って何？」とメールしたが返信はない。

イライラしながら電車を待ち、やっと来た銀にブルーのラインの車体に乗り込んだが、こういう時ほど乗り継ぎが悪い。横浜駅で三十分近く電車を待ち、普段なら一時間半のところを北鎌倉駅で下車して家に着いた時は、メールを見てから二時間以上経っていた。

家の前には見覚えのない黒いセダンタイプの車が止められていた。もしかして、パトカーがいるんじゃないかと思っていただけに、彰子は少し胸を撫でおろした。家も外側から見る限り、特に変わった様子はない。

（とりあえず、火事とかじゃないみたいだけど）

でも、車のナンバープレートの県名を見て彰子は疑問に思った。

「群馬ナンバー？　なんでうちに群馬の車が……」

　車は全面スモークガラス張りで中がまったく見えない。家の中で何が起こっているのかと、彰子は緊張してドアノブに手をかけた。

「あの……」

　鍵はかかっておらず、ドアを開くと土間には黒のスーツ姿の見知らぬ若い男が立っていた。

「外に出て！　中に入らないように」

　ほぼ怒鳴るような声に、彰子は怖くて身体がビクッとした。

「わ、わたしは雨野彰子といいます。この家の住人です」

「彰子……あなたが長女の方ですか」

　彰子が名乗ると、相手の口調が急に丁寧になった。

「では、お入りください。荷物はこちらで預かります」

「あの、これは何でしょうか？　お母さんと弟は……」

「我々は群馬県警太田署の者です」

「群馬県の警察の人……？」

　口調は変わったが、どうも否を言える雰囲気ではない。彰子は諦めてバッグを渡すと、その若い警察官の後に続いてリビングに入った。

　リビングのソファーには母と真治が並んで座っていた。その横にも同じく黒スーツの男性が立っている。さっきの人と同じくらいの歳だが、この人も警察官らしい。

「あ、お姉ちゃん」

先に真治の方が彰子に気がついた。その声に母も伏せていた目を上げた。

「彰子、あなた……」

「お母さん、どうしたのこれ？　なんでうちに警察の人なんか……。まさか、お父さんに何かあったの？」

父は去年、海北銀行が福岡に新設した支店の初代支店長に任命された。でも、家も鎌倉にあるので、以前のように家族で引っ越しはせずに福岡へは単身赴任していた。警察官が家に押しかけるような事態は、まず遠方の父に何事かあったのかと彰子は考えたが、それだと群馬県警というのが腑に落ちない。

「彰子、あなたも何かしたの」

でも、母はそんな言葉なんてまるで聞かずにソファーから立ち上がるなり、悲壮な表情で彰子に詰め寄った。

「警察の方が真治と、それにあなたに用があるっておっしゃるのよ」

「わたし？　なんでわたしなにも……」

母の口から名前が出て彰子は驚いた。少なくとも警察のお世話になるようなことをした覚えはなかった。記憶を辿り、「そういえば先週、大学の傘立てに置いておいた傘がなくなったけど……」と思ったが、まさかあの水玉模様の傘が群馬で発見されて、それをわざわざ届けてくれた雰囲気ではない。

母に話が通じないので、彰子は真治の顔を見た。その途端、弟は笑って目を逸らした。

（これは……真治だな）

彰子は直感した。真治は自分に都合の悪いことには、「誤魔化し笑い」をして逃げる癖があった。

「真治、何か知ってるでしょう？」

「な、何だよ。僕は何もしてないよ」

「嘘ついてもわかるの！　正直に言いなさい」

「えっと……」

真治が口籠ったので、彰子はなおも問い詰めようとしたが、そこに部屋の外から別の男性が入ってきた。

「私の方からご説明しましょう」

それは決して大声でも強い声でもなかった。でも、彰子は背筋がゾクッとするのを感じた。現れたその人は、ダークグレーのちょっと高そうなスーツ姿で色黒の彫の深い顔をしていた。彰子の父と同じか、少し下かなという歳だが、肩幅は広く背も高い。三人の警察官の中で一番年上らしかった。

「あなたはどなたですか？」

「失礼。私は群馬県警太田署の堀口と言います」

男はスーツの懐から警察手帳を取り出して彰子に示した。そこには「警部　堀口義威《ほりぐちよしたけ》　群馬県警察」とある。テレビドラマでしか見たことがないような場面が、まさか自分の家で起こるとは彰子は思ってもいなかった。

「こちらのお嬢さんですね。本日は任意でご自宅を調べさせていただきました」

「わたしたちの家の何を調べるっていうんですか？」

母の肩を抱いて、彰子は目の前の堀口を睨んだ。「任意」ということは家に入る許可を得たのだろうが、母は大勢の警察官に押しかけられて拒否できる性格ではない。

「わたしたちにやましいことなんて何もありません。治安を担う警察の方が、市民の家に土足で踏み込むんですか？」

まず、遥など大学の同級生たちの前ではしない表情をして、彰子は声を強めた。所詮は虚勢だったが、ここは自分がしっかりしないとという意識が、怖さを上回った。

「これ以上何かするなら福岡の父に連絡して、海北銀行の方々にここに立ち会っていただきます」

「しっかりしたお嬢さんだ。ですが、ご安心ください」

彰子の挑発的な言い方にも、堀口は落ち着いた物腰を崩さない。

「あなた方……いえ、あなたの弟さんに窃盗の嫌疑が掛けられていました」

「真治が窃盗？」

「ええ、それで捜査にご協力いただきました」

「弟が何を盗んだっていうんですか？」

「おや、あなたはあの銅像について御存知ないのか。お母様も知らないようでしたが……」

堀口は部下のひとりに、「お嬢さんに蔵の中をお見せしろ」と指示をした。続けて真治には「君もお姉さんと一緒にもう一度立ち合いなさい」と告げる。真治は嫌そうな顔をしたが渋々立ち上がった。

「お母様もご覧になられますか？」

「いえ、私はあの蔵は……」

母は愛想笑いのような顔をした。彰子は「お母さんはここにいて」と言い、若い警察官の後に続いてリビングから出た。

## 七

梅雨の低い雲が空を覆っているので、まだ五時前なのに家の外はすっかり薄暗くなっていた。

ぽつりと一粒、雨が彰子の服に染みをつくる。堀口が傘を差しかけたが、彰子は「結構です」と断って、前を進む警察官についていった。

向かった先は家の裏庭にある古い小さな土蔵だった。

家を新築した時に、この蔵をどうするか問題になった。父も母も最初は取り壊すつもりでいたが、祖母が「この蔵には指一本触れないこと。それがあの人の遺言」と言い、頑として取り壊しに同意しなかった。

「あの人」とは祖母の夫——彰子が十歳の時に亡くなった祖父のことだ。名前は雨野貴幸《たかゆき》と言った。

「昔は骨董やら掛け軸がかなりあったけど、戦後に親父がほとんど売ってしまったから今じゃろくな物はないぞ」と父はぼやいたが祖母は譲らず、結局蔵はそのまま残されることになった。

祖母が亡くなった後、庭でガーデニングを始めた母が、「あれのせいで庭が狭くなっちゃって嫌なのよねぇ」と何度も愚痴をこぼしていたが、蔵には滅多に近づこうとしなかった。

ついさっきまで捜査が入っていたらしく、普段は南京錠で施錠されている蔵の扉は開けられたままになっていた。先を行く警察官に「警察も不用心ですね」と言うと、小さく舌打ちの音が彰子の耳に聞こえた。

蔵に入ると左右には段ボール箱が積まれていた。

転勤族の父は移動の度に不要な書籍、書類が出るのが常で、前からそれは鎌倉の実家に預けており、物置代わりのこの蔵に保管されていた……というか押し込まれていた。

蔵の真ん中はダンボール箱がどかされて、警察が作ったらしいスペースがあった。そこには目測で長さ一メートル半、幅七十センチくらいの古い木箱が置かれていた。高さも五、六十センチはあった。

(そういえばこんな箱が奥の方にあったような)

年末の大掃除などで蔵に入った時に見た覚えがあったが、古く大きな木箱は彰子ひとりの力で引き出せるものではないので、開いてみたことはなかった。

蔵の中に照明はないので、後ろからもうひとりの若い警察官が大型の懐中電灯で蔵内を照らす。「その中です」との堀口の声に、彰子は木箱の中を覗き込んだ。

「え……これって?」

木箱に収められていたのは八十センチほどの小さな銅像——それは、中一の遠足で見たあの銅像だった。鎧の胸には天に昇る龍が彫刻され、両手で太刀を捧げ持つ姿も完全に同じだった。

「新田義貞の銅像。なんでここに……」

「そう、先日に生品神社から何者かによって盗まれた、新田義貞公の像です。我々は銅像盗難事件を捜査している者です」

「待ってください！」

彰子はつい大声になった。

「わたしたちが生品神社からこの銅像を盗んだっていうんですか？　確かに前に……わたしが中学生の頃に三年間、群馬県の前橋に暮らしたことはありますが、その後で一度も帰ったことはありません。この銅像がどうしてここにあるのかわたしにはわからないし、それに……」

「ええ、あなた方ご一家の嫌疑はもう晴れました」

「え……？」

彰子はその言葉にきょとんとしたが、堀口は話を続けた。

「先程、この銅像を実見しましたが、生品神社から盗まれたものとは別物だと判明しました。あの銅像はコンクリートの台座から、足を折られて持ち去られたが、これは違う」

堀口は箱の中の銅像を示す。確かに銅像は足先まで綺麗に造られており、破損個所などなかった。

「鎧の装飾にも細かい点で違いが見られるし、それに生品神社の像は昭和十六年の作成だが、これは昭和十七年と背面に彫られていました。同型の銅像ですが別物に間違いないでしょう。我々がここに来たのは……」

若い警察官がタブレットを差し出した。画面に映し出されたのは真治のＳＮＳだ。彰子はこの手のものにあまり興味がないので、弟のＳＮＳもほとんど見たことがなかった。

そこには短い文章が書かれていた。

『群馬の銅像がなんでオレんちに？』

またイラっとさせるような絵文字まで添えられた文章と、スマホで撮影したと思しき箱の中の義貞像の写真が、一緒にＵＰされていた。彰子はどうして今日群馬の警察が、わざわざ鎌倉までやって来たのか理解した。

「真治！　あんた……」

「お姉ちゃんゴメン！」

振り返ると、蔵の入り口に立っていた真治が顔の前で両手を合わせた。

「前にさ、お姉ちゃんのパソコンで画像見た時に気づいたんだ。あれ、うちの蔵に同じ銅像あったじゃんて。引っ越しの時に見たんだ。それで箱を引っ張り出してＵＰしたら……」

家を建てた時、彰子と母は家の中のことにかかりきりで、蔵の方は父と引っ越し業者が担当していた。まだ小学四年生だった真治は引っ越しの戦力外だったが、父の周りをちょろちょろしていたから、その時に見たらしい。

「捜査の過程で弟さんのＳＮＳが引っ掛かりました」

堀口がそう説明した。

「画像には足元が映っていなかったので、我々もまず現物を見るまで、盗まれたものと同一かどうか判断がつきませんでした」

「あんたねぇ。ＳＮＳに載せていいものと、悪いものがあるでしょう？」

「あはは。結構フォロワー増えたけどね」

「あははじゃない！　あんたみたいのをバカッターって言うのよ！」

　こういうSNSの使い方を知らないのをバカッターと呼び、いろいろ世間を騒がせていると彰子は何かのニュースで見た。

　真治はさすがに気まずそうな顔こそしたが、反省していないのは態度で明らかだった。

「でも、お姉ちゃんの採用試験の日にいきなり来たのはこの人たちだぜ。だから僕は群馬の奴ら苦手なんだよな」

　そう言うと真治は「雨に濡れるんでもういいですか？」と、さっさと蔵から出ていってしまった。

「待ちなさい！」

　彰子が真治を追いかけて蔵から外に出ると、母が家の陰からこちらの様子を窺っているのが見えた。その様子に溜息をついて、彰子は隣の堀口の顔に目を向けた。

「ご迷惑をおかけしました。何で新田義貞の銅像がここにあるのかわたしにもわかりません。でも、これでわたしたちは無罪放免でいいんですよね」

「あなたたちご一家は前橋に三年間暮らしたそうですが、弟さんは群馬があまりお好きではないようですね」

「話を逸らさないでください」

「それとこれはあなたにお返ししよう」

　堀口は部下から緑色のアルバムを受け取った。それが何かすぐにわかって、彰子はまた彼を睨んだ。

「これはわたしの中学の卒業アルバムです。わたしの部屋を勝手に調べたんですか？」

「申し訳ありませんが、これも本官の職務であるので」

アルバムを返しながら堀口は、「ページの間に盗難事件の記事が挟んでありました。それに写真も。事件に興味をお持ちで？」と言ったが、彰子はそれに返事はしなかった。

「今日は失礼しました」

堀口は深々と頭を下げたが、すぐに上げるとまた口を開いた。

「蔵を調べていて気がついたことがあるのですが」

「まだ何か？」

「あなたのお祖父《じい》様……雨野貴幸さんのことです」

「祖父ですか？　今年で亡くなって十四年になりますけど……」

「蔵の奥に古い資料がありました。貴幸さんは群馬県に警察官として奉職されていた。戦前のことですがご存知でしたか？」

「いえ……そんなことわたしは知りません」

「そうですか。それからあの銅像ですが、貴重なものですので大切にされた方がいいでしょう」

部下ふたりを「行くぞ」と促して、堀口はもう一度頭を下げた。

彰子は夕暮れに降る小雨の中で、去っていく彼らの背中を無言で見送った。

# 第二章　再会

# 一

八月になってすぐに第一次教員採用試験の結果が出た。

大学は今日で前期の試験期間が終わり、明日から夏季休みに入る。その日、彰子は担当教授の研究室を訪ねて、試験結果の報告をした。

研究室から出ると、廊下で遥が待っていてランチに誘ってくれた。

最終日ギリギリでレポートを仕上げる「悪あがき」をしている学生が目立つ学食で、彼女はアジフライランチを、彰子は食欲もないのでアイスコーヒーだけ頼んだ。

「まさか、彰ちゃんが一次で不合格とはねぇ」

「それ言うの遥ちゃんで四人目だよ」

「他は誰？」

「先生と同級生一人に後輩の子が一人」

「あんまり落ち込んでいるっぽく見えないわね」

「そんなこともないけど……」

「まあ、私は友達として彰ちゃんがけっこう落ち込んでいるのはわかるけど」

「……うん、ありがとう」

彰子がお礼を言うと、遥は「暑いなぁ」と呟いた。

「そうだ、海でも行こうよ、気晴らしに。私も新しい彼氏を探したいし」

「あれ、別れたの？」

「サッカー見物にロシアまで行くとか言われたら普通別れるって」

「遥ちゃんの方は就活どうしてるの？」

「う～ん……結局うちのお父さんの紹介の会社で事務すると思うよ」

彰子は心の中で「やっぱりそういうつもりか」と呟いた。遥の父親は、世間的にも名前の良く知られたホテルで総支配人を務めていた。就活に身を入れていないのも、最初から父親を当てにしているからだろう。

「遥ちゃんって大学に入った頃は、デザイナーになるのが夢って言ってなかった？」

「私の実力でそんな夢はもう見ないわよ。まあ、事務も取りあえずだけど。ねえ、行こうよ」

「わたしはまだのんびり海に行ける気分じゃあ……先のことも考えないといけないし」

「彰ちゃんだってお父さんは海北銀行の支店長でしょ？　無理に美術の先生になんかならなくてもいいじゃん」

「うちのお父さんは娘の就職に関与しないタイプの人だから」

「きびしーねぇ」

（厳しいのとはちょっと違うんだけどね）

遥の言葉を否定してしまうので、彰子はそれは呑み込んだ。

知弘は「リスクを負いたくない」タイプの人間なので、娘の就職に自分のコネなど使わない。それで他人に弱みを握られて、不利な立場になるのが嫌なだけだった。

彰子は氷だけになったグラスを持って立ち上がった。

「あれ、帰るの？」

「あと三人くらいの先生に『落ちました』の報告してくる」

「ご愁傷様です」

遥は両手を合わせたがつき合ってくれる気はないらしく、スマホをいじり始めた。

彰子はひとりで学食を出た。

二

遥には報告に行くと言ったものの、彰子はその足で駅に向かうと江ノ電に乗り込んだ。

彰子は異様に疲労を感じていた。

（疲れたぁ）

大学の同級生たちや先生には一切話していないが、六月の一件は未だに家では尾を引いていた。あの後、福岡に単身赴任中の知弘が急いで一時帰宅したが、麻衣子の怒りは収まらなかった。

「だから私はあの蔵を残すのも、ここに家を建てるのにも反対だったのよ！」

東京、横浜、京都、仙台、パリ、前橋……と暮らした時も、何か上手くいかないことがあれば、母はこんな言い方をして父を責めるのが常だった。「警察が来たなんてご近所に知られたら、もうここには住めない」とずっと不機嫌だった。

父は「仕事が詰まっているんだ」と、二日間家にいただけですぐに福岡に戻ってしまった。

（お母さんが怒ると、さも仕事が忙しい体で家を空けるのがいつものお父さんだし）

そのまま八月になって、雨野家に届いたのは彰子の一次試験不合格の通知だった。

「あんなことがあったから、教育委員会にいろいろ調べられたのよ。きっとそうよ」

母はそう憤って、神奈川県教育委員会に抗議の電話をかけようとした。彰子が子供の頃から何か学校に不満があると、教育委員会に電話するのも、母が飽きもせずに繰り返してきた行為だ。

「お母さん、でも採用試験の管轄は神奈川県だから」

宥めたが母は納得しない。彰子が家にいない今頃、もしかしたら受話器に向かっているかもしれない。先方はさぞかし迷惑なことだろう。

（それでいて、わたしには将来は学校の先生か公務員になりなさいって言うんだけど）

明らかに発言と行動が矛盾している。もし、彰子が教員になって苦情の電話を受けたら、相手は母だった……なんてことになったらどうしよう。そんなことを考えたら、つい電車の中で笑ってしまった。

（まあ、当面はそんな心配なくなっちゃったけど）

教員採用試験に一次で不合格になってしまったので、来春から教職に就くのは不可能になった。彰子は今度の三月には大学院の修了を迎える予定だ。一年浪人して来年の採用試験を再受験するのが、妥当なコースだろう。

しかし、万事において「世間体」というものを気にする母は、大学院の修了を一年先延ばしにすることを提案した。院は最長で四年間在籍できるので、就職難の今の時代は所謂「オーバーマスター」している先輩も何人かいた。

でも、彰子は単位は全部取り終わって、あとは修了制作が残っているだけだった。一年生の時に採用試験を見越して、かなり無理して単位を取った。それに今の大学院はオーバーマスター過剰の定員余剰気味で、来年にはもちろん新入生も入ってくる。大学側としてはすでに単位の修得が終わっている彰子のような学生は、さっさと修了してもらいたいのが本音だろう。

さっき研究室の教授には、博士課程に進むことを勧められた。でも、鎌倉星華大学には修士課程まででしかないので、博士課程となると東京の大学あたりに行くしかない。真治が受験生であるので、彰子としてはこれ以上の進学は考えていなかった。

（いつの間にか人生の岐路に立っているなぁ）

本当なら二次試験に向かって缶詰になる夏季休みの時期に、一転して時間を持て余すことになった。それでもそんな自分の人生が、彰子はどこか他人事のように思えた。

潮騒と共に鴎《かもめ》の鳴く声が聞こえる。彰子は座席から立ち上がった。

三

下車したのは鎌倉から五駅手前の稲村ヶ崎駅だった。

駅周辺の住宅街を抜けて五分も歩くと海が見えた。七里ヶ浜海岸はサーフィンのメッカとして有名だったが、サーファーは大抵男性なので高等部の頃は近づかないように——先生にうるさいくらい指導された。

国道一三四号は七里ヶ浜の海岸線に沿って延び、江の島と鎌倉市内をつないでいた。彰子はそれに沿って歩いた。

「七里ヶ浜のいそ伝い、稲村ヶ崎名将の……」

不意に口から歌の一節が流れ出た。

(何の歌だっけ?)

少しだけ考えて、彰子はすぐに思い出した。これは明治時代に作られたという唱歌「鎌倉」の、第一番の歌詞だった。

そういえば、鎌倉に引っ越して高等部に入学した後で、この歌を歌ったら「古い歌知ってるね」と、クラスメイトに言われて恥ずかしかった。

でも、この歌は長谷観音、鎌倉大仏、由比ヶ浜、鶴岡八幡宮、鎌倉宮、源頼朝の墓所、建長寺、円覚寺など……鎌倉の名所、史跡を多く歌い込んでいた。今の鎌倉の小・中学校ではほとんど歌うことがないらしいが、地元の人間が知らない方がおかしい。

(あれ、わたしはどこでこの歌を覚えたんだっけ?)

考えても考えても思い出せないが、彰子は迷わずに八番まで諳んじることができた。横浜市内の幼稚園に通っていた時に、歌の時間にでも歌ったのだろうか。

サーファーたちを横目にしながら、彰子は国道に沿って東に歩く。すぐ目の前には海に突き出した岬——歌にあった稲村ヶ崎が見えていた。

稲村ヶ崎一帯は整備されて「稲村ヶ崎公園」の通称で親しまれている。明治の元勲・井上馨《いのうえかおる》、武子《たけこ》夫妻の別荘の跡地を公園にしているが、その海側には少年がふたり、奇妙な姿で抱き合った銅像が建てられていた。

明治四十三年（一九一〇）に逗子《ずし》開成《かいせい》中学の生徒たち十二名が、学校のボートを無断で持ち出して海に漕ぎ出して、七里ヶ浜の沖で転覆——全員が溺死するという事故があった。現代ならワイドショーでしたり顔をしたコメンテーターが、「学校の管理責任が問われますね」と一週間はバッシングする事件だが、明治の日本人は死者に鞭打つことなくこの地に碑を建てて、十二人の御魂の安らかならんことを祈った。

でも、この銅像は兄である年上の子供に、ボートに同乗していた小学生の弟がしがみついて、海中を必死にもがいているように見えた。それは死してなお、この子供たちに永遠の苦しみを与えているように見えて、何もこんな形でなくてもと思った。

彰子が銅像の前でそっと両手を合わせた時、バッグの中から携帯の着信音がした。

『もしもし、お姉ちゃん？』

彰子が出ると真治の声がした。メールではなく、電話してくるのはかなり珍しい。

『今どこいるの？　まだ大学？』

「帰る途中だけど……どうかしたの？」

稲村ヶ崎にいることは言わずに彰子は応えた。

『ならさ、どこにも寄らないで、真っ直ぐタクシーで帰ってきなさいってお母さんが』

「お母さんが……ってあんた、今日は夏期講習でしょう。もしかして家にいるの？」

受験生の真治はこの夏は連日横浜まで予備校通い……のはずだが、どうにもサボりがちだった。横浜まで行っても友達と街で遊んでいるか、家で勉強すると称して部屋でゲームしていることの方が多い。

「お父さんもお母さんも真治を国立か私立の有名どころに入れたいんだから、そんなことしてたら落ちるわよ」

『別に一浪くらい構わないって言われているし』

「最初から浪人する気で受験する人がどこにいるの！」

『今は僕のことはどうでもいいって。それよりもさっき、家に変な記者が来てさ』

「変な記者って？」

『群馬の……ナントカっていう新聞の記者だって名乗った。例の銅像について取材したいって話だったけど、お母さんが絶対にダメだって塩まいて追い返した。そしたら帰る時に、自分はお姉ちゃんと中学の同級生だって言ってた』

「同級生って……何て名前だった？」

『わかんない。名刺はお母さんが受け取らなかったし』

「あんたの電話、まったく役に立たないんだけど」

彰子は呆れた。相手の社名はおろか、名前すら不明では何だかさっぱりわからない。

『その記者がお姉ちゃんの大学まで行くかもしれないから、早く帰ってきなさいってお母さんからの伝言』

「わかったからちゃんと勉強しなよね」

彰子はそう返したが、その時にはすでに電話は切れていた。

「まったくもう。お母さんも真治にはいっつも甘いんだから」

携帯の待ち受け画面を見て彰子は溜息をついた。

彰子の採用試験の不合格を警察のせいにしている母だが、そもそもの騒ぎの元凶である真治のことはほとんど責めない。それは、単身赴任先から一時帰宅した父も同じだった。

真治とは六歳違いの姉弟だったが、子供の頃から成績は彰子の方がずっと良かった。ただ、父も母も男の子である真治に期待をかけがちで、ここまで塾や家庭教師、予備校に費やした金額は、彰子とはゼロが一桁違った。

彰子が星華の高等部から大学に内部進学すると言った時も、両親とも「もっと上の大学を目指せ」とは言わなかった。母からはむしろ「大学も家から通えていいわね」と言われたほどだ。

受験生には「勝負の夏」のはずだが、真治の緊張感のなさは感心するほどだった。この間、模試の結果を見たが、第一志望の某国立大学の判定は「D」……合格圏にかすってもいなかった。夏にして早くも浪人が現実味を帯びていた。

彰子はまた溜息をつくと、携帯をバッグにしまおうとしてうっかり手を滑らせた。

携帯が砂まみれになる。「ついてないなぁ……」と呟き、急いで携帯を拾って砂を払った。

〝パシャ〟


それは本当に突然だった。

カメラのシャッターを切る音、そしてフラッシュが光った。

「ボート遭難碑」からは岬の高台へと階段が延びている。その階段の中程に、一眼デジタルカメラを手にした男性がひとり立っていた。昼間にフラッシュを焚いたのは、彼の位置から彰子の方が逆光になっているため……なのだろうか。

真夏には少し暑そうな、七分丈の黒のテーラードジャケットにジーンズ姿、黒のブーツはかなり履き古したものだ。髪は男子のショートよりも長めで少しボサボサだった。

いきなり写真を撮られて彰子は警戒したが、階段を下りてきたその顔を見て、思わず「あっ……」と声が出た。

最後に逢ったのは中学卒業の日――でも、確かにあの頃の面影が顔には残っていた。

「隼人くん？」

「雨野。そうだと思った」

階段を降りて目の前に立った彼は、中学の頃と同じように片方の口角を上げる、悪戯っぽい笑い方をした。

由良隼人——転校生だった彰子が生品神社で出会った男子だ。あの遠足の後は接点を持てないでいたが、二年生になった時に同じクラスになった。しかも、最初の席替えで隣の席になったので、ちょっと緊張したが同時に嬉しかった。

その頃は、彰子はもう学校にも慣れていたが、逆に彼の方が少しクラスで浮いていたように感じた。何か家庭に事情があった……と噂はあったが詳しくは知らなかった。ほとんどしゃべらなくなったし、休み時間もなにか歴史小説を自分の席で読んでいた。「感じが悪い」「暗くなった」とか他のクラスメイトは言っていたが、そんな態度は他人と接点を持ちたくないから……転校経験の多い彰子はそれに気がついた。

「ねえ、なに読んでるの？」

数日した日のお昼休み、彰子はありったけの勇気を出して話しかけた。彼はちょっと驚いたような顔をしたが、すぐに本の内容を説明してくれた。楽しそうに話す姿は中一の時と同じで、内容はやっぱりよくわからなかったけど、聞くだけで楽しかった。

彰子が話かけたことは関係あったのかどうかわからないが、隼人もまたすぐにクラスに溶け込んだ。元々、彼はクラスの男女全員から下の名前で呼ばれていたので、彰子も一学期途中から「隼人くん」と呼ぶようになった。あの遠足の写真をもらったのもこの頃で、その時は「今度はもっと可愛く撮ってよね」と、冗談を言う余裕もあった。

クラスは三年生も持ち上げで、彰子の学校生活で一番楽しかったのはこの二年間だった。

その隼人が彰子の前に立っていた。約八年半ぶりの再会に彰子は心臓の鼓動が速くなるのを感じた。

「あ、あの、久しぶ……」

「雨野さぁ」

彰子が挨拶しようとすると、その言葉を隼人がいきなり遮った。

「眼鏡外したんだな」

「あ……うん。今日はたまたまコンタクトで……」

「それにしても、相変わらず背ぇ小さいな」

「……ええ？」

涙が出そうなほどの感慨を一瞬で吹き飛ばす発言に、彰子は思わず言葉に詰まったが、隼人は気にした様子もなくしゃべり始めた。

「国道の方からテケテケ歩いてくるんですぐわかった。雨野は昔から歩き方に癖あるし。そこの明治時代に船乗り回して沈んだ子供の像……そこからこっち来るかと思って階段の上で待ってたけど、手ぇ合わせてて動かないし。待ってるんだから早く来いよな」

「余計なお世話。てかさ、隼人くんも大して背は伸びてないじゃない」

「俺はギリ百七十はある」

「男子で威張れる身長じゃないでしょう！　私は百五十七センチで女子としては平均的だもん」

矢継ぎ早に言葉が飛んでくるので、つい彰子もポンポン言い返した。普段、遥や大学の子たちと話をしている時と比べると、間違いなくテンポが二つは速い。

（でも、この感じ。懐かしい）

そう思うとちょっと涙が出た。隼人の口が止まって眉根が寄ったので、彰子は髪を直すフリをして小指で涙を拭った。

「変わってないね、隼人くん」

「おまえも変わってないな」

「そうかなぁ」

「胸とか特に」

「それ以上言うとわたし怒る。むしろ泣くよ？」

「……俺が悪かった」

「よろしい。今のは許してあげる」

隼人が引きつった顔をして謝ったので、彰子は笑って続けた。

「ところで鎌倉まで一体どうしたの？　わたしはちょっと察しつくことあるんだけど」

「ああ、今さっき北鎌倉の雨野の家に行ったんだけどさ」

隼人はポケットから名刺を取り出して彰子に渡した。そこには、「太田新報《おおたしんぽう》社　文化・歴史部　由良隼人」と書かれていた。

「太田新報って……」

「ああ、大学出て去年入社した」

「へえ、隼人くん新聞記者なんだ。ちょっと意外だけど」

「非常勤の安月給だけどな。写真も自分で撮るくらいの新聞社だし」

「それでカメラね。でも、中学の時から写真は得意じゃない」

「あと、大学時代に出版社でバイトしてたから、歴史雑誌に原稿持ち込んだりもしている。まあ、記者兼フリー歴史ライターと言えば少し格好いいか？」

「格好いいかはともかくとして、わたしの家に来た変な記者って隼人くんだよね？　弟が電話で教えてきたよ」

「変で悪かったな」

そう言って隼人は左手で髪にさわった。これが昔から彼の癖だった。彰子は「ゴメン、ゴメン」と謝った。

「ねえ、今わかったけど、二月の太田新報の新田義貞像の記事。あれも隼人くん？」

「見たのかよ？　あれは一報聞いて生品神社に行って、集められた話だけで記事にしたんだ」

隼人は自慢そうな顔をした。あの記事は確かに他の群馬県内の新聞と比べても、速報だったし量も多かった。あまり需要のあるニュースではなかったかもしれないが。

「でも、大変だったね。盗まれちゃったんでしょ、あの銅像」

「今でも地元は大騒ぎしている。なんせあれが最後の義貞像だったからな」

「最後？」

彰子は小首を傾げた。

「他にも同じ銅像があったの？」

「新田義貞のあのタイプの銅像は昭和五年、前橋の群馬会館に設置されたのが第一号だ。寄贈したのは中島知久平《ちくへい》中島飛行機社長……今は自動車会社として有名か？」

「覚えてる。遠足の時に見学した工場でしょう？」

「それな。その群馬会館のを第一号として、昭和十六年までに県内各地に何体か建立された。まあ、ほとんど戦時供出されたって話だ」

「戦時供出って太平洋戦争中に金属とか国民に差し出させて、鉄砲の弾にしたって話？」

「戦時供出」とは高校の日本史にもあった、「金属類回収令」のことだ。あの小さな銅像ひとつで、弾が何発もできるはずがないと思うが、国がそれを真剣に行った時代があった。

「でも、生品神社の銅像が盗まれたってことは、銅像はもう一体もないんだね」

「それがあと一体、鎌倉にあるのを知ったのはつい最近だ」

「あ……それって」

「さっきおまえの弟と会ったぞ。俺のことはまったく覚えてなさそうだったけど大きくなったなぁ。ちょっとチャラそうだけど」

隼人は肩にかけたショルダーバッグから、紙の束を取り出した。彼の書いた記事、そしてあの後で母に言われて削除したが、真治がＳＮＳにＵＰした義貞像の写真があった。

「雨野の家の義貞像を見せてくれないか？　卒業アルバムの住所録で家に行ったら、おまえの母上に塩までまかれた」

隼人は両手をパタパタ振った。言われて見れば、ジャケットの肩のあたりが白っぽい気がしないでもない。「お母さん、本当に塩まいたんだ……」と、彰子はちょっと呆れた。

「わたしは別に構わないけど」

「おお、サンキュー。最初からこっち来れば良かった」

「でも、警察が調べていったけどあれは生品神社の銅像とは別物だよ？」

「わかっている。けど、警察の捜査の通り昭和十七年製ならいろいろな意味で価値がある」

「警察の捜査なんてどうやって調べたの？」

「地域弱小紙でも駆け出しでもこれでもブンヤだからな」

隼人はそう言うと、妙に自信あり気な顔でニヤッとした。

## 四

隼人からの「お願い」を引き受けたものの、彰子はこれがかなりの難事だとすぐに思った。

まず、母は先日の一件で他人が家に寄りつくことさえ嫌っている。彰子の中学の同級生でもそれはまったく変わりはなかった。そうでなくても、母は元々群馬の人間があまり好きではない。

(なら、チャンスは外出時)

母は今、フラワーアレンジメントに凝っていて、週に一度鎌倉の街で開かれる教室に通っていた。一度出かけてしまえば三時間は絶対に戻ってこない。そして教室の日は都合よく、隼人と再会した翌日だった。

ここの所イライラしている母も、この日は朝からの雨にも関わらず車で出かけていった。その留守に彰子は隼人を家に呼ぶことにした。

真治がこの日も夏期講習をサボって家にいたので、彰子は見張り役を命じた。

「いい？　お母さんが戻ってこないかしっかり見張っていてよね」

「お姉ちゃんもさ、いい加減にガラケーからスマホに変えたら？　ＧＰＳでお母さんがどこにいるかすぐにわかるよ」

「それって、お母さんからもわたしの場所がわかるってことじゃない」

「そうだけどさ。でも、まさかお姉ちゃんがお母さんの留守に、男を家に引き入れる日が来るとは思わなかったな」

「ひ、引き入れているわけじゃないからね！」

彰子は真治をにらんだ。

「昨日説明した通り隼人くんは中学のクラスメイトで、これは彼の取材への協力。人聞きの悪いこと言わないで」

「まあ、真治くんもよろしく協力してくれ」

母の車が走り去るのをどこかで見ていたのか、隼人は雨の中を黒のレインコートに大型のリュックを背負い、登山のような格好をして家にやって来た。財布を取り出すと、昨日も顔を合わせたという真治の目の前で、一万円札を引き抜いた。

「おお！」と嬉しそうなリアクションをして、手を伸ばした真治よりも先に、彰子は福沢諭吉を取り上げた。

「お金をいただく類いのことではないと思うけど？」

「おまえの弟へのこづかいと手間賃だよ」

「だったら両替して五千円だけもらう。後で半分の五千円は隼人くんにお返しします」

「相変わらず真面目な奴。中学の時と変わんねぇな」

「なんとでも言って。それにわたしはこの人の作った大学あんまり好きじゃないの。しょうがないから顔合わせには出たけど、一緒に苗場に行ってたらと思うとゾッとするわ」

「……何の話だ？」

首を傾げている隼人を尻目にして、彰子は不満露わな真治を家の方に戻した。そうして「じゃあ、行きましょうか」と隼人を先導して裏庭に向かった。

「古い土蔵だな」

興味深そうな顔で、隼人は蔵を見上げた。

「造られたのは明治後期頃……いや、もう少し古いか」

「どうだろう？　死んだお祖父ちゃんが前の古い家を建てたのは、戦争のすぐあとだって聞いたから、蔵も同じ頃だと思っていたけど良く知らないや」

「おまえなぁ、少しは自分の家の歴史に興味持てよ」

「誰もが隼人くんみたいじゃないのよ」

彰子は南京錠を外して扉を開くと、「こっち」と蔵の奥を示した。

隼人はレインコートを脱いで白の布手袋をすると、リュックからビニールシートと室内工事などで見かける小型の灯光器を取り出し、手際よくセットして一眼デジカメを手にした。

義貞像が収められた古い木箱は、警察官が調べたままの位置に置かれていた。あの後で母は「この銅像を処分して！」と父に訴えていた。しかし、父は「この蔵には指一本触れないこと」という祖父の遺命を気にしてか、「お盆に帰ってきた時に考える」と判断を先送りにして福岡へ戻ってしまった。

彰子は木箱を指した。

「銅像はこの中。でも、二宮金次郎の武将版みたいな大きさで、特に変わったものでもないよ。真治がナントカ鑑定団に出品しようとか言って、お母さんに怒られてたけど」

「おまえの弟面白いな。まあ、ＳＮＳに上げてくれたお陰で俺もこの銅像を拝める。おまえとも再会できたわけだし」

「え……？」

急に、まったく予想してもいないことを言われて彰子は戸惑った。隼人はそんな様子を気にするでもなく、まず木箱の写真を一枚撮った。

「さて、じゃあ箱開ける。ご対面といくか」

「あ、うん」

ふたりで木箱の蓋の両端を上げると、鈍い音と木屑が舞って箱は開かれた。義貞像がその姿を現す。彰子も銅像を見るのは警察が来た日以来だった。

隼人は銅像が箱に入った状態のまま、それぞれ違う角度から七、八枚写真を撮ると、「この銅像起こしていいか？」と訊《き》いた。

彰子は頷くと彼の反対側にしゃがんで、銅像を起こすのを手伝おうとした。「気をつけろ。小さくても二十キロ以上はあるぞ」と隼人が言ったが、「大丈夫」と応えてふたりで銅像を起き上がらせる。隼人は床にビニールシートを敷くと、慎重に銅像を持ち上げて箱から出した。

銅像は足の下に厚さ二十センチくらいの土台があり、ビニールシートの上に立たせることができた。

隼人は今度は巻尺を取り出して、銅像の縦横の長さを計った。「丈は八十五あるな。生品神社の銅像より少し大きいか……」と独り言のように言って巻尺をしまい、また写真を撮り始めた。

彰子は作業の邪魔にならないように、出入り口近くに置かれたダンボールの上に座って彼の作業を見ていた。この元クラスメイトは淡々と写真を撮ったり、メモを取ったりしている。思い出したが、彼は飄々としてマイペースな性格だ。彰子と違い、基本的に他人からどう見られるかを気にして行動はしなかった。

「隼人くん、楽しそうだね」

「まあな」

「相変わらず歴史好きなんだ。でもさ、だったら大学出たあとに大学院行って研究者目指した方が向いてたんじゃないの？」

「現実に大学院に入るには歴史だけ抜きん出てもダメだろ。それは高校入試だって、大学入試だって同じだったよ」

「そういえば、英語や数学は苦手だったっけ」

「大学の史学科入るのにもかなり苦労した。院進学も考えて実際論文も書いたけど、担当の教授に見せたら小説書いてんじゃないぞって跳ね返された」

「何について書いたの？」

「義貞は稲村ヶ崎の引き潮を利用して鎌倉に攻め込んだろう？　従来干潮を利用したと言われているが、引き潮の原因を多方面から考察した」

「それってどんな？」

「たとえば地震による退潮現象とか、地球寒冷化による水位の低下とか」

「……その論文どうなったの」

「独創的なものはこの国では理解されないな」

理解されないのは、書き手にも多少の問題がある気がしないでもないが、さすがに悪いので彰子は口にはしなかった。

「それに院まで行ける学費もないしなぁ」

隼人はぼやいたが、それを聞いて彰子は申し訳ない気がした。分野は違うがその大学院に進学して、三年目も在籍しようか悩んでいる身だ。

そんな彰子の様子など気にもせずに、隼人は写真を撮りながら話を続ける。

「俺も論文より自由に書ける方が性にあっている。この間も言ったが、いろいろ書いては出版社に持ち込んでいるけど、どうにもな」

「ダメなんだ。わたしは隼人くんの書いたもの読んでみたいけど」

「戦国時代と幕末以外は今や大河ドラマでも需要ないって、門前払いが大半だな。大変なんだよ、いくら好きでも歴史で飯を食うのは」

そう言って彼は、「まあ、それでもなんとかやっている」と笑った。

「でも、いいなぁ」

彰子は作業する隼人を見ながらつぶやいた。

「わたしは昔からそういう夢とかないや。高校でも大学でもそうだった」

「おまえには絵があるだろう？　修学旅行のしおりの表紙とか書いてたよな。画家かイラストレーターになるとか言ってたことなかったか？」

「わたしくらいの画力の人間、世の中には山ほどいるよ」

遥も同じようなことを言っていたが、それは彰子も感じていることだった。

中一の遠足の後、彰子は誘われるまま美術部に入った。二年生のときには地元新聞社主催の絵画コンクールに入選したこともある。修学旅行のしおりのイラストを任されたときはうれしくて、将来は美術に関する仕事に就きたいと、漠然と考えていた。

鎌倉星華女子高校でも美術部に入ったが、絵を職業にしようという意識は年々薄くなった。母の希望との折衷もあり、大学は芸術学部を選んで美術科の教員免許を取った。

でも、大学四年生の時に採用試験を受ける気にはどうしてもなれず、大学院の芸術研究科へ進学した。来年採用試験に再チャレンジして合格し、中学校の美術教師にでもなれば希望通りの進路になるのだろう。でも、それで夢を追いかけて実現したとは、彰子はまったく思えなかった。

世間的にみれば隼人の人生だって、決して成功しているとは評価されないだろう。それでも、「歴史で飯を食う」と言い切る彼の姿が、彰子には眩しかった。

隼人はカメラを置くと、今度は銅像の後ろ側に回った。

「確かに昭和十七年って銘があるな。でも、変だな」

「何が変なの？」

「この前に話した戦時供出。あれが本格化したのが昭和十七年だ。せっかく造っても国に召し上げられるのに、わざわざ銅像造るか？」

「こっそり家に飾っておくつもりだったんじゃない？　無口で何考えているのかわからないような人だったよ、うちのお祖父ちゃんて」

彰子が十歳の時に亡くなったので、祖父・雨野貴幸のことは印象に薄い。父が転勤族だったため、一緒に暮らしたこともない。唯一、彰子が幼稚園の年少組、年中組の時は父が横浜本社勤務だったので、横浜市内の社宅から鎌倉の古い家に時々遊びに行ったくらいだが、その時も相手をしてくれたのは主に祖母だった。亡くなった時はフランスにいたので父がひとりで帰国した。死に目はおろか、葬儀にも参列できなかった。

（あ、そう言えば……）

思い出したことがあった。祖母が入院中にお見舞いに行った時に、めずらしく祖父の話をしてくれた。あれは今日と同じ雨の日で、学校帰りにひとりで病院に行った。

取り留めのない会話の中で祖父の話が出た。「お祖父ちゃんはあなたを本当に可愛がっていたのよ」と言う祖母に、「お祖父ちゃんってどんな人だったの？」と訊ねた。祖母は「質実剛健で古武士のような人」と言い、「あの人は真っ直ぐに前だけをみつめて、自分に課せられた使命は何があっても果たす人」と微笑んだ。

　祖母が亡くなったのは彰子が病院を訪ねた三日後の夕方だった。それが、祖母との最期の会話になった。

「雨野、ありがとう。銅像を箱に戻すから手伝ってくれ」

　思い出に耽っていると、調べることは終わったのか隼人が銅像の右肩を持って促した。彰子は「あ、ごめん」と走り寄り銅像の左肩を持った。

　また、ふたりで銅像を持ち上げたが急いだことがまずかったらしく、途端に彰子は手を滑らせた。

「あ……」と思った時にはもう遅く、銅像は手から離れて仰向けに倒れてしまった。

「ご、ごめんなさい。どうしよう……」

「大丈夫か、怪我は？」

「わたしは大丈夫だけど、銅像が……」

「この程度でどうこうならないさ。ちょうど箱の中に倒れてラッキー……あれ？」

「どうしたの？」

　隼人が箱の底を覗いたまま黙ったので、彰子は不安になった。もしも銅像が破損でもしたら、それこそ亡くなった祖父や祖母に申し訳ない。

「箱の底板がズレた」

「え？　底……？」

「何かあるな」

今度はひとりで銅像を持ち上げると、隼人は箱の外に出した。彰子も空になった箱の中を覗き込むと、確かに底板が少しだけ浮いている。

「どうりで外側から見たのより、箱が浅いと思った。二重底になっているんだ」

隼人は横板と底板の間にできた僅かな隙間に手を入れた。

ズズ……と小さな音を立てて、底板が持ち上がった。その板を箱の外に出すと、本当の箱の底が見えた。板の下には高さ三センチくらいの空間があった。

そこにあったものは若草色の長方形の袋で、上の方は黒い房のついた紐で括ってある。袋の外側からでも、中身の形がわかった。

「なんか筒みたいなものが入ってそうだね」

「これは刀袋だ」

「刀袋？」

「ということは、中身はつまり……雨野、開けてもいいか？」

彰子が「うん」と頷くと、隼人はその「刀袋」なるものを両手で箱の底から取り上げて、慎重な手つきで房紐を解く。中から出てきたものは、刀袋の名に相応しいというべきか、一振りの短刀だった。鞘も柄も黒一色で、長さは三十センチくらい、しかもかなり古いものだ。彰子は「なんか錆びてそうだね」と言ったが、隼人はその短刀を半分くらいまで抜いた。

柄と刀身の間をつなぐ金属——「鎺《はばき》」と呼ばれる部分と刃が露わになった。彰子の予想に反して刀身は錆びておらず、灯光器の灯りの中でぼんやりと白く光っている。

「こっちもナントカ鑑定団に出せそうだね」

彰子は笑ったが隼人は短刀を手にしたままだ。「どうかしたの？」と手元を覗き込むと、鎺に何か紋章のようなものが装飾されていた。もっともデザインはずっとシンプルだが。

「えっと……これ家紋っていうんだよね。でも、どっかで見たような……」

「いや、何でもない。鑑定団に出しても二束三文だからやめとけ」

短刀を鞘に収めると、隼人はまたそれを刀袋へと戻した。彰子はその反応がちょっと面白くなくて彼をからかいたくなった。

「ねえ、錆びてなかったんならそれで今度木彫刻でも削ってみようか？」

「馬鹿言うな！」

隼人は突然、声を荒げた。彼に怒鳴られたのなんて、中学の頃は一度もなかったので彰子は驚いた。

「ご、ごめんなさい、わたし……」

「あ、いや。古い短刀だからそんなことしたらすぐ刀身がダメになる。悪い、怒鳴って」

隼人は笑ってすぐに謝った。

ちょっと気まずい空気が流れる中で、彰子は話題を変える切っかけを懸命に探した。その時、箱の底にまだ何か残っているのに気づいた。

「ねえ、封筒みたいなのがあるよ」

彰子は箱の底に手を伸ばしてそれを取り出す。元は茶色の封筒だったのだろうが、黄土色に変色していた。中を見ると三つ折りに折られた紙が入っていた。

「銅像の詳細が書いてあるとかかな？」

「由来書だったら儲けものだな」

封筒を受け取った隼人は中身を取り出したが、その紙を開くなり「う……」と呻いた。紙は虫が食っていて、所々に穴が空いていた。その上に文字は旧字体で書かれていて、彰子には一行目から何が何やらさっぱりわからない。

「……読めそう？」

「これでも一応、史学科出てるんだが……。ただ、虫食いのところはどうにもならないな。これは……手紙っぽいな」

「手紙？」

「読むぞ……新田義貞公元弘三年……後醍醐天皇の大理想翼賛の大志を抱き生品社前に……鎌倉幕府討伐の義兵を挙げる……願わくは日本国民義貞公の精神を顕彰し、悠久の大義……皇国の隆盛に貢献せんと欲する」

「いかにも戦前の文章って感じね」

内容を聞いて彰子は怖くなった。この国にそういう時代があったことは知っていたが、それが自分の家の蔵から見つかると複雑な思いがした。

「そう言うなって、これも貴重な資料だ。後半は虫食いが酷いな……本像を二十体目の記念とし……の名誉……切望する」

「二十体目？」

彰子はその数字が気になった。

「ねえ、それってどういう意味？」

「戦前に義貞像が群馬の各地に建立されたのは話したろう？　俺も総数までは把握していないが……」

「でもさ、二十体も同じ銅像があるって結構な数だよね。まだ、何か書いてあるの？」

「あとは日付書名か。昭和十七年八月十七日……義貞公会……名前はまた虫が喰ってる。最後の漢字は『助』だな。山本勘助《かんすけ》の『助』。助さん格さんの『助』の方がわかりやすいか？」

「どっちもあんまり。ねえ、それよりも……」

例えに歴史関係の人物を重ねるのがいかにも隼人らしいが、彰子はそれよりも気になることがあった。

「その前の義貞公会って何のこと？　隼人くんなら知ってるの」

「この文章の流れからすると、この銅像を造った団体だろう。今の義貞関係の団体にはないな」

「ねえ、これってなんか謎めいてない？」

彰子は冗談半分に言った。

「二十体目もそうだけど、義貞公会というのと、それから日付も気になった。隼人くん、新田義貞の誕生日と生品神社で旗揚げした日と、あとは死んだ齢とか何歳？」

「普通、生まれた日の伝わっている中世の人間はまずいない。生品神社の旗揚げは五月八日で、鎌倉を攻め落としたのは五月二十二日。没年齢は三十八歳が有力だ」

「なんだ、全然見当違いかな。八月十七日になにかあるのかと思ったのに」

期待していたので彰子はがっかりした。でも、隼人はこの蔵に入ってから一番真剣な表情をしていた。呟くように「二十か、二十……」と何度もその数字をくり返していた。

どうにも彰子は自分が放っておかれているようで、「ねえ、もういいんでしょう。早く戻そうよ」と彼を促した。隼人は「ああ、もう充分だな」と、紙を元のように折りたたんだ。

しかし、それを封筒に戻そうとして隼人の手が止まった。

「まだ何か入っているな」

「え……あ、ホントだ。写真？」

その写真は袋の内側にぴったり張りついていたので、さっき封筒を覗いた時は気がつかなかった。隼人が取り出したそれはすっかりセピア色に変色しており、そこには若い男の人が写っていた。どこか役所の玄関のようなところに立ち、制服姿で長い棒を携えていた。

「昔の軍人さんの写真かな……？」

「いや、この制服は警察だな。手に持っているのは警杖だ。肩章からすると階級は警部。しかも、普通の警察官じゃなさそうだ」

「この一枚の写真だけでそこまでわかるの？」

「一枚しかないから逆にわかることもある。裏は……文字が書いてある。筆跡からするとさっきの手紙とは別人の字だな」

「そんなことまでわかるんだね」

彰子はもう感心半分、呆れ半分だった。

「それで、何が書いてあるんですか？　御教示ください、由良隼人先生」

「茶化すんじゃない。まあ、これはさっきのよりは読みやすいぞ。少し消えかけているが……『士《し》を失《しっ》してひとり免《まぬが》るるは我意《がい》にあらず』」

「……どういう意味？」

読めても意味がわからず彰子は訊ねたが、隼人は書かれた文字の続きを読んだ。

「昭和……日付は消えているが、名前がある。天……最後は『幸』だな。真田幸村《さなだゆきむら》の『幸』」

「天野貴幸じゃない？」

「アマノ？　おまえの身内か？」

「さっき話に出た亡くなったお祖父ちゃん。わたしの家の苗字の漢字は元々『天野』だったのを、明治時代くらいに『雨野』に変えたらしいよ」

「それがおまえの祖父さんの名前か？」

「そうだけど……それがどうかしたの？」

「いや……おまえの祖父さんって何をしてたんだ？　やっぱり銀行員か」

「それがわたしも知らなかったんだけどね。むかし群馬で……」

そう言いかけた時、急に蔵の入り口から真治が顔を出した。

「お姉ちゃん、お母さん帰ってくるって」

「え？　何で今日に限ってこんなに早いの？」

驚いて時計を見たが、いつもよりも一時間近くは早い。

「教室が早く終わったって。メッセージが来たからあと五分くらいで家に着くよ」

「真治、もうちょっとちゃんと見張って……」

「雨野、話は後だ」

振り向くと、もう隼人は銅像を木箱に収めていた。続けてシートと灯光器、それにデジカメをリュックにしまう。ここまで二分もかからない早業だった。

「この手紙と写真借りてもいいか？」

封筒を手にそう聞かれたので、彰子は「うん」と頷いた。リュックを背負い、レインコートを引っかけると彼は改めて彰子の方を向いた。

「ありがとう、随分収穫があった。ところで、裏口ってあるか？」

「この蔵の真裏から北鎌倉駅の方に抜けられるよ」

「なら、俺はひとまず消えるわ。おまえの母上に警察呼ばれたくないし」

隼人は「雨野、またな」と言うと、足早に蔵の出口に向かう。真治から裏道の場所を聞くと、茂みに覆われたその道へと姿を消した。

どうせ母はこの蔵には近づこうともしないだろうが、彰子は蔵の中のものの位置を一応確認すると外に出て鍵をかけた。

急ぎ足で家に戻る途中で、後ろからついてきた真治が「ねえ、お姉ちゃん」と話しかけてきた。

「あの人ってお姉ちゃんの中学のクラスメイトだよね」

「そうだけど」

「お姉ちゃんがここまでするなんて、中学の頃から好きだったの？」

「馬鹿」

叩く真似をすると、真治は反対に手を出した。

「さっきの。お母さんには秘密にしてあげるよ。だから一万」

「六千円ね。それであんたが予備校さぼって、横浜のゲームセンターに入り浸っているのを黙っていてあげる」

真治は「う……じゃあ、それでいいよ」と口を尖らせて、先に家の中へ入っていった。

突然、家の前の道からエンジンの音がした。母が帰ってきたのかと思ったが、一台の車が走っていく。生垣の隙間から母の白い車とは違う、銀色の車体が一瞬だけ見えた。

家に入ってからも、彰子はちょっとのあいだ玄関に立っていた。胸の鼓動が少しだけ速い。頬が熱を持っているのがわかった。

(雨野、またな……だって)

中学の頃、彰子が下校するときに隼人はよくそう言った。それはただのクラスメイト同士の挨拶で深い意味などなかった。

今の彰子にはそれは懐かしくもあり、くすぐったくもあり、そして切なくもあった。

# 五

八月に入ると暑さが一段と増した気がした。

人文学部の学生はそれぞれ実家に帰るか、もしくはアルバイトに忙しい。芸術学部の学生は大半が課題を抱えているのでそうもいかないが、さすがにお盆前の週末になると校内は人も疎らだった。

午前中は学部の男子学生が何人か制作していたが、昼過ぎには帰ったので今は彰子ひとりだけだ。

鎌倉星華大学の五号館二階にある芸術学部絵画・デザインコースと大学院との合同実習室は、学生から「アトリエ」の通称で呼ばれていた。

入学した時に学生には、アトリエにひとり一台作業机が与えられる。もう六年目になる自分の机で、彰子は朝からクロッキー帳に向かい合って、木炭でエスキース（下書き）をしていた。

この一週間、彰子は修了制作の下絵に取りかかっていた。他の院の同級生は——たとえ遥でもとっくに下絵を完成させて、キャンバスに向かい合っている時期だ。もっとも、修了を来年度に先延ばしにするのであれば、なにも急ぐ必要はないのだが。

結局、午後二時を過ぎてもクロッキー帳には何となく絵の輪郭が描かれただけに終わった。

彰子は溜息をつき、バックから『新田義貞錦絵写真集』を取り出した。

あれから大学の図書館で「新田義貞」に関する書籍を探したが、収蔵されていたのはこの一冊だけだった。仮にも鎌倉に縁のある武将なだけに、かなりがっかりしたがひとまずそれを借りた。

『新田義貞錦絵写真集』には歌川国芳《うたがわくによし》、月岡芳年《つきおかよしとし》など江戸時代、明治時代の錦絵を中心に、昭和初期の雑誌グラビアまで義貞を描いた作品が、約四十点収められていた。義貞の絵姿が世間に溢れていた時代もあったらしく、それはちょっと意外だった。

掲載された絵の大半は稲村ヶ崎の海に太刀を奉じる姿のものだった。猛々しい武者絵が多いが中には西洋画を意識したのか、両手を合わせて祈りを捧げる構図のものもあり、なかなか興味を惹かれた。

彰子はクロッキー帳の新しいページを開いて、まず大まかに稲村ヶ崎の海を、それから次に義貞の姿を描いた。少し描いたがページを変え、今度は別の角度から義貞の姿をまた描く。

ここ数日、彰子はずっと同じような絵を描いていた。海の絵は得意な方だし、人物も苦手ではない。でも、何度描いてもしっくりこない。それは彰子の画力、構成力不足が原因かもしれないがそれだけでもない気がした。

首を捻ってまた別のページに、今度は生品神社で見た銅像を描いた。でも、やっぱりしっくりといかない。むしろ、彰子自身の中の「新田義貞」のイメージから遠くなっていく気さえした。

「そもそもこの太刀を両手で持っている構図……これが芝居めいている気がするんだよね」

改めて写真集を見た時、彰子はあることに気づいた。それは義貞ではなく、その背後に立つ旗――厳密にはそこに描かれた紋にだった。

「あれ、これって……」

「おお、雨野発見！」

聞き覚えのある声がドアの方からした。

「隼人くん？」

ドアを開けて隼人が立っていた。今日は暑さが厳しいせいか、テーラードジャケットを脱いで脇にかかえている。

「今暇か、雨野」

「暇っていうか……どこに行ってたの？　あれっきり連絡もないし、もう群馬に帰っちゃったのかと思った」

「横浜のビジネスホテルに泊まっていた。鎌倉をうろうろしていて、おまえの母上に見つかっても面倒だし」

彼は物珍しそうな顔でアトリエの中を見回すと、側の作業台の上にあった道具を手に取った。

「芸術科ってなんか物騒なものまであるんだな」

「それ彫刻の子が使う小刀だよ」

さっきまでいた学部生の中に、造形コースの学生が混じっていたから、忘れていったのかもしれない。隼人は余程アトリエに興味があるのか、小刀を元の場所に戻すと今度は机に立てかけてあったイーゼルを弄っている。

彰子は急いでクロッキー帳を閉じて、『新田義貞錦絵写真集』をバッグにしまった。

「てかさ隼人くん、良くわたしが大学にいるってわかったね」

「北鎌倉駅で雨野の家に行こうかどうしようか迷ったんだよ。そうしたら、おまえの弟と偶然駅で会って、お姉ちゃんは朝から大学に行ったって」

「あの子、今日はちゃんと予備校に……どうせゲームセンターかカラオケかなぁ」

「そこまで確認してないがなかなかリスキーな高三の夏を送ってるな」

「もう耳をつまんで予備校に引っ張っていきたいくらいよ。それで、隼人くんは大学に来たの？」

「ああ。駅降りてキャンパス歩いてたら、入り口に『芸術学部・研究科』ってプレートのあるこの建物に入って、ヤマ勘で教室開けたら雨野がいた。何気にすごくねぇ？」

「すごいと思うよ。警備員さんに声もかけられずにここまで入ってこられた時点で」

ちょっと呆れて彰子は苦笑いした。これがもし、女子しかいない高等部の方に入っていたら、正門の警備員に止められた上に下手したら通報されていた。大学は共学だし、隼人も学生と同年代なので、警備員も学生と思ったのだろう。

「ところで、隼人くんは今日は……」

「そうそう、今日はおまえに話があって来た」

そう言うなり、隼人は隣の遥の席からキャスターつきの椅子を引っ張ってきて座った。

急に距離が近くなって、彰子はまた鼓動が速くなるのを感じた。朝からの作業で手はすっかり黒く汚れていたので、作業用白衣に擦りつけようとしたが、その白衣が木炭や絵具で汚れ放題なのでまったく意味がない。今日は一日制作の予定だったので、遥に「ダサい」と認定された茶色フレームのメガネ姿で、これもあまり見られたくなかった。

「あ、あのさ。お昼ごはんまだでしょう？　駅前にお店が……」

「誰もいない方がいい。見て欲しいものがある」

「誰か来たら困るよぉ……」

こんなところを遥にでも見られたら、何を言われるかわかったものじゃない。そうでなくても、事あるごとに男子を紹介されてうんざりしている状況だった。

彰子の困惑は一切お構いなしに、隼人は机の上に資料やら写真やらを広げ始めた。

「まず、雨野に報告することがある」

改まって隼人はそう言った。

「おまえの家にあったのと同型の義貞像。あれは、戦前に群馬県各地に設置されたものだ」

「うん、それはこの前も聞いた」

彰子が頷くと、隼人は続けた。

「期間は昭和五年から昭和十六年までの十一年間。史料が散逸していて確かなことはわからないが、設置された数を改めて整理した。今のところ十九体まで確認できた」

「あれ、ちょっと待って。十九体って」

「そう。蔵に眠っていたあの銅像が二十体目ってことになるな」

隼人は並べた写真の一枚を指さした。それは彰子の家の蔵で撮影した義貞像で、暗所だったとは思えないほど良く撮れていた。

「この像には昭和十七年と銘が刻んであった。戦時供出後の鋳造は考えにくいから、これ以降の銅像はまずないだろう。銅像は前に言った通り第一号は前橋の群馬会館で、それ以降はすべて県内各地の小学校校庭に設置されている」

「小学校？　生品神社の銅像は？」

「あれも元は地元の小学校に設置された。戦後になって生品神社に移築したって話だ」

「なんだって、そんな銅像の最後の一体がわたしの家にあるの？」

盗品である可能性はもう完全に否定されたが、彰子は話がさっぱりわからなくなった。

「小学校なんて……なんか本当に二宮金次郎の銅像の武将版みたい」

「おまえさぁ、あの銅像について何か聞いてないか？　戦時供出から逃れるために、縁故の銅像を隠すってのも戦前のエピソードとしては良くある話だ」

「話も何もわたしはつい最近まで、あの銅像がうちの蔵にあることすら知らなかったし」

彰子は困った。

「それに隼人くんだって知ってるでしょう？　わたしは中一の時に引っ越して群馬に行ったけど、それまでは東京とか神奈川とか京都とか仙台とかフランスで暮らしていた。お父さんにしろ、お祖父ちゃんにしろ……あ」

「何だ？」

「この間、言おうとして途中になったんだけど、うちに来た堀口さんって太田署の警察官の人が言ってた。お祖父ちゃんは戦前に警察官をしていて、群馬県警にも務めていたって」

「おまえ、そういう大事なことは先に言えよ」

隼人は呆れ顔をした。

「それ、戦前のいつの頃だ？」

「わかんない。お母さんは知らないだろうし、お父さんは今福岡に単身赴任中だし。お盆だから明日あたり帰ってくるけど聞いてみようか？」

「いいや、俺が調べておく。おまえの家に来たのは太田署の堀口で、祖父さんの名前は雨野貴幸で間違いなかったよな」

手帳を取り出すと隼人はペンを走らせる。それがちょっと記者っぽいとか彰子が思っていたら、ペン先が急に止まった。

「ついでに聞くが親父さんたちの名前は？　漢字で教えてくれると助かる」

「え？　雨野知弘だけど」

彰子はクロッキー帳を開き新しいページに、貴幸、知弘、真治……と家族の名前を書いた。

「あと、お母さんは麻衣子だけど……これも必要？」

「聞いておいて損な情報はないさ」

また何かを書き足して隼人は手帳を閉じた。

## 六

そろそろ帰るというので、彰子は隼人を「ＲＥＳＴＡ」に誘った。

ランチタイムは過ぎていたので、彰子は日替わりパスタを単品で頼んだ。隼人はメニューこそ見ていたが、注文を取りに来た女性店員に「同じやつで」と言ったので彰子は笑った。

「隼人くんらしくもない。主体性がないなぁ」

「初めて来た店だぞ。雨野が頼むのを頼めば少なくともハズレは引かない」

「じゃあわたしは注文変えるね。すみませーん、ワッフルベリーソースストロベリーアイストッピング生クリームで」

「……何の呪文だよ。魔族でも倒すのか？」

ぼそっと言っている彼に、「日替わりの三種のきのこのパスタはちょっと頂戴」と彰子は頼んだ。

「このお店ってね、大学のＯＧの人がオーナーなんだ」

店員が奥に行くと、彰子は店内を見回した。

「だから、芸術学部の学生や大学院生の作品をいつも展示してくれてるの。壁に飾ってある絵も、入り口のところにあった鹿の彫刻も、全部学生の作品だよ」

「へえ。雨野の絵もあるのか？」

「う～ん、何度か飾ってくれるとは言われたんだけど」

でも、その度に彰子は断っていた。

芸術を学ぶ学生にあるまじきことだとは自覚していたが、彰子は他人に作品を見られるのが苦手だった。画家とかイラストレーターという進路が、現実的に考えられなくなったのにはそれもあった。

ほどなく料理が来た。ちなみに料理が載せられている皿も、陶芸コースの学生の作品だ。隼人は器を見て、「形がイビツだな。まあ、味があるか」とひとりで納得していた。

ふたりで向かい合ってかなり遅めの昼食を取ったが、彰子はそうしていることが何だか嬉しかった。隼人がつけ合せのポテトフライを、お皿の横に弾いたのを見て思わず苦笑した。

「中学の頃もポテト系苦手だったよね、隼人くんって」

「このモソモソした感じが好きな奴の気が知れない。つうか雨野さ、何をいつまでも笑ってんだ？」

「うん、久しぶりだなって思って」

「何が？」

「隼人くんとこうやってご飯するのが。中学最後の給食以来だよね。卒業の時も席が隣だったじゃない。確かオムレツだったよね」

「それって一緒に飯食ったことになるのか？」

隼人から突っ込まれたが、彰子は構わずに店員を呼び、「キャラメル・カプチーノ二つ」と追加注文した。

「俺は別に水でいいぞ」

「そんなこと言わないでよ。ここのは本当においしいから」

「そもそもキャラメル……なんとかが良くわからん。おまえすっかり都会人だな」

「やめてよ、そんな言い方は」

「あ……悪い」

「あ……うん。わたしこそ……なんかゴメン」

慌てて謝ったが、それっきりしゃべることなく食事を続けた。

(中学の時の方が上手にしゃべれていたのにな)

隼人の様子を上目づかいに見ながら、彰子は食事を続けた。

同じクラスだった二年間は席が隣のことが何回かあり、班も一緒だったことが多かった。よく話もしたが、内容は学校に関することがほとんどだった。

彰子は美術部だったが、彼は卓球部の幽霊部員だった。何でも親戚がやっている弓道道場に通っているとかで放課後はさっさと帰ってしまうことが多く、校外でほとんど接点はなかった。そもそも、思春期は男子も女子もお互い相手を意識しているが、周囲の目が気になり距離は微妙になる。

(わたしは隼人くんのことが好きだったんだろうな)

彰子は今ではそう思っていた。でも、思春期はまだまだ子供で、「好き」という感情を自覚していなかった。父が転勤族でまた転校することもわかっていたから、それも気持ちを自然にセーブした。中学卒業と同時に鎌倉に引っ越し、高校生になって彼に抱いていた感情の正体に気がついた時には、もうどうすることもできなかった。

(隼人くんはわたしのことをどう思っていたんだろう?)

卒業式の日に彰子には忘れられない思い出があった。式が終わって教室に戻った時のことだ。あの独特の雰囲気に女子なんて大半の子が泣いていた。それは仲の良かった友達と離れる寂しさもあれば、高校生活への不安もあった。

鎌倉に引っ越すことの決まっていた彰子は、卒業証書の筒を握りしめたまま自分の席で泣いていた。筒の校章マークのところに、何かに引っかかってついたような傷があり、たったそれだけのことでも不安な気持ちが高まって、涙が止まらなくなった。

「替えてやるよ」

その時、横から手が伸びた。隣の席だった隼人が彰子の手から筒を取り上げると、代わりに自分の筒を押しつけた。

「あ、ありがと……」

「別に」

そう言って隼人は横を向いてしまった。その耳が真っ赤になっていたのを、彰子は今でも覚えていた。

# 七

「いくつか可能性を考えてみたんだが」

声に顔を上げると、隼人はもうパスタを食べ終えていた。彰子が「頂戴」と言ったためか、小皿にパスタが少しだけ取り分けられている。ポテトが上に乗せられていた。

「雨野の家の二十体目の銅像。一番可能性があるとすれば、稲村ヶ崎に設置することだったと思う」

「稲村ヶ崎に？」

「あの銅像は義貞が稲村ヶ崎に太刀を奉じて龍神に祈念した姿だ。一体はその現場に置くのがまあ自然だろうな」

「それはそう思うけど。でも、わたしは鎌倉に引っ越してからこっちでは……」

「わかっている。俺も鎌倉に来てから随分と調べたが、群馬と違ってここでは義貞の知名度は悲しいほど皆無だ」

店員がキャラメル・カプチーノを運んできた。彼はそれにすこしだけ口をつけて「甘ぁ……」と眉をしかめたが、話を続けた。

「義貞は生品神社で挙兵して鎌倉に攻め込んで鎌倉幕府を滅ぼした。鎌倉側から見れば侵略者で讃えるべき存在じゃない」

「わたしもそう思う。隼人くんは鎌倉の歌って知ってる？」

「稲村ヶ崎名将の、剣投うぜし古戦場……ってのか？」

「その歌だって鎌倉じゃほとんど知られていないくらいだし」

彰子がそう言うと彼は「ちょっと見てくれ」と、一枚の紙をテーブルに置いた。ルーズリーフに手書きで書かれたもので、何度も書き直したり、赤で訂正した苦心の跡があった。

「おまえから借りたあの古い手紙を読んだ」

「あの虫食いだらけの？　よく読めたね」

「さすがに欠損部分はどうにもならなかったけどな。内容はこうだ」
○印になっているところが虫食い箇所らしい。隼人は自分で作成した読み下し文を読み始めた。

『新田義貞公元弘三年○○○○○○○○後醍醐天皇の大理想翼賛の大志を抱き生品杜前に、○○○○○○○○○○○○○、鎌倉幕府討伐の義兵を挙げる。建武の中興の大業を○○○逆賊尊氏が叛くに當りては皇軍の総帥として東奔西走するが、時運至らず越前に○○○○○○○○○○。

義○公会は○○○○○○○○○○く世間に高揚し、来る帝○○○○○設置の○○○○○○○○○○○○○○○○○○○○○○○。願わくは日本国民義貞公の精神を顕彰し、悠久の大義○○○○皇国の興隆に貢献せんと欲する。

本像を二十体目の記念とし、新田○○○○○○弥栄を願○○こに謹呈申し上げ、本○○○○○○○○の名誉回復を遂げられることを切望する。

冀くは○○と志を同○○らる○○○○○○○○此の挙に賛せられむことを

昭和十七年八月十七日　義貞公会　○○○助』

「想像はしていたけど、何か怖い内容だね」

一部……というか半分以上が、彰子には意味のわからない単語の羅列だったが、文章の内容は大筋で理解できた。

「でも謹呈ってことは、あの銅像はこの手紙の主から贈られたものなんだ。それと……最後の名誉回復ってなんだろう?」

「義貞の名誉を回復するってことだろうな」

「何でそんな必要があるの? だって、鎌倉幕府を倒した名将なんでしょう」

「雨野おまえさぁ、義貞が鎌倉幕府を倒した後、どうなったか知っているか?」

「えっと……ちょっと待ってよ」

記憶を辿るが思い出せない。新田義貞は後醍醐天皇の命令で鎌倉幕府を倒した武将と、群馬では誰もが知っていた。しかし、そういえばその後のことは聞いた覚えがなかった。

「ゴメン、よく知らない」

「義貞は鎌倉幕府を滅ぼした後で上洛して、後醍醐天皇の新政府に参画した。所謂『建武の新政』だが、戦前はそこに書いてあるように『建武の中興』と呼ばれた。そこで、同じ武士である足利尊氏と対立した」

「思い出した。元は群馬と栃木の境を流れる渡良瀬川を挟んでわかれた親戚でしょう。遠足の時に渡良瀬川を渡って足利学校に行ったじゃない。その時にバスガイドさんが説明してたよね」

「ああ、どっちも源義家という武家の棟梁が祖先だ。つまり……」

隼人は紙の余白に「源義家」と書き、線を引いて「義国」と書いた。そこから線を左右にわけて、右に「新田」で、左に「足利」と書く。それぞれに名前を書いていき、系図を完成させた。

「つまりこうなるな。義家の息子の義国が北関東に勢力を広げて、死後に群馬側を相続した兄の義重が新田氏を、栃木の弟の義康が足利氏を名乗った。義貞と尊氏はそれぞれ七代目の子孫だ」

「隼人くん、よく何も見ないでスラスラ書けるよね」

「新田一族も書くか？　義重の子が山名《やまな》、里見《さとみ》、額戸《ごうど》、それから岩松《いわまつ》、大舘《おおだち》と……」

「いや、キリがないし」

紙の上にすらすら書いている隼人を止めて、彰子は「でもさ」と続けた。

「新田と足利が親戚ならなんで争ったの？　仲良く手を携えればいいのに」

「鎌倉幕府を倒すまでは両者は協力関係にあった。ただ、足利尊氏には鎌倉幕府が滅んだ後で、自分で新しい幕府を興す野心があったし、そのために積極的に武士を束ねた。一方で義貞の方は後醍醐天皇の命令に従って、天皇に逆らう尊氏を討とうとした」

「なんか、義貞の方は英雄的行動に欠ける気がしない？」

「俺もそう思わないでもない。まあ、義貞本人の心中は今更察するしかない」

隼人は左手を髪にやった。

「とにかくふたりは京都を中心に戦った。義貞が尊氏を追い詰め、一度は九州まで追い落としたが、結局は敗れて京都を追われた。最後は……」

隼人の指が「読み下し文」の「越前」の二文字を指さした。

「新田義貞の戦死は建武五年……一三三八年の夏のこと。越前……今の福井県で戦っていた義貞は、味方の危機を聞いて手勢だけ連れて救援に駆けつけるところを、敵の大部隊に遭遇した」

「……運の悪い人だよね」

「その運の悪さもこの時は極めつきだ。移動中だったので盾もない上、足元は泥田ときていた。最期は眉間に白羽の矢を受けて呆気なく死んだ。この死は犬死だと当時の史書で散々酷評された」

「そんなのって……こんなにも一生懸命戦ったのに酷い」

「犬死の評価は後世まで残ったからな。その名誉を回復するってことだろう」

隼人の指が今度は「名誉」の二文字を指す。そうしてから、一枚の写真を取り出した。

「それからもうひとつ、写真の方も調べた」

「この警察の制服を着たわたしのお祖父ちゃんかもしれない写真？」

「ああ、だけど当時の群馬県警の警察官じゃない。これは警察特別警備隊だ」

「警察特別警備隊って？」

聞いたことがなかったので、彰子は小首を傾げた。

「昭和八年に創設された日本の警察初の警備専門の組織だ。今でいうと機動隊がそれに当たるが、『昭和の新撰組《しんせんぐみ》』と呼ばれた警察の花形組織だった。階級章はその警部。エリート警察官だったわけだな、おまえの祖父さん」

「そうなんだ。わたしもあの後でお祖父ちゃんの写真を探したんだけど」

あの日、隼人が帰った後で、彰子は密かに家中のアルバムから祖父の写真を探したが、若い頃の写真は見つからなかった。家の建て替えの時に古いアルバムはどこかにしまい込んだのか……。一枚だけ趣味だったというオートバイに跨った写真があったが、それも祖父が六十代の写真で、若い頃の面影などあるはずもない。あとはすべて晩年近くの写真ばかりだった。

返してもらった写真を改めて見たものの、祖父に似ているような気もするが彰子にはどうにも判別のしようがなかった。写真を裏返すと、例の文字があった。

「そういえば、この文字はなんだったの？」

「『士を失してひとり免るるは我意にあらず』だな」

「そうそれ。どういう意味なの？　士を失してって……」

「それは説明が必要になるんだが、さっきの義貞戦死の時のことだ。雨野、『太平記《たいへいき》』はわかるか？

大河ドラマじゃない方な」

「えっと……受験の時に覚えた程度なら。合戦の様子とか描いた文学作品でしょ」

「それでいい。『太平記』は全四十巻の軍記物で、義貞は七巻に登場して二十巻で戦死している。さっきの越前の話の続きにもなるが、義貞が敵に囲まれた時に側にいた郎党がこう言った」

「郎党って？」

「ああ……義貞に仕える家来だと言えばいいかな。こう言ったそうだ。『千鈞《せんきん》の弩《ど》は鼷鼠《けいそ》のために機を発せず』」

「千鈞の弩……？」

「立派な弓は鼠《ねずみ》を打つためにあるのではない。つまり主君の義貞だけでも逃がそうとした」

「逃げたの、義貞？」

「それがおまえの祖父さんの書いた一文だ。『士を失してひとり免るるは我意にあらず』……勇敢な部下の犠牲の上に生き残るつもりはない、と。直後に眉間に矢を受けた義貞は、今はこれまでと悟って自分で自分の首を掻き切って泥田の中に沈めた。その上から……悪い、ちょっとグロテスクだったか？」

「ううん、大丈夫よ」

彰子はカップに口をつけると「続けて」と促した。

「義貞は戦死。結局、新田軍も壊滅する。京都から吉野に逃れた後醍醐天皇は『南朝』を称するが……」

「南北朝時代だね。教科書にも少しだけ載っている」

「そう、後醍醐天皇の南朝、そして征夷大将軍になった足利尊氏が京都に打ち立てた北朝が並立する時代になる。だが、後醍醐天皇が崩御すると、南朝は次第に吉野の山深く追い詰められていく。最後は降伏同然の形で京都に戻っている」

「義貞の戦死が南朝の命運を決したんだね」

彰子は小さく息をついた。もしも義貞が越前で死なければ、また違った歴史になっていたのかもしれないが、ある疑問が沸いて「でも」と続けた。

「その割に知名度低いよね、義貞って。織田信長とかよりもずっと天下に近かった気もするけど」

「足利尊氏と戦端を開いてから、時に勝ったとはいえ最終的には負け戦だからな。名実共に日本中の武士に号令した尊氏と、最後まで後醍醐天皇に忠誠を尽くした義貞だ。初手から絶対的不利を背負って戦っている」

「天皇の軍勢っていうと有利そうだけど、実際はそうでもないんだね」

「後醍醐天皇の政治は公家一統……皇族、公家最優先で武士の反発は無理ないさ。義貞の敗北は『彼が後醍醐天皇に忠誠を誓ったから』と断じた歴史学者もいる。ある意味で義貞は自分の仲間たちと戦ったようなもんだ」

「そうまでして、義貞は何のために戦ったんだろう?」

彰子の疑問に隼人は「さあな」と言っただけだった。彼も答えは持っていないらしい。

彰子は写真の裏に書かれた、祖父が書いた名前の文字をそっと指で撫でた。

## 八

夕方近くになり「ねえ、今度はわたしにつき合ってよ」と彰子は隼人を誘った。

ふたりで江ノ電に乗り下車したのは稲村ヶ崎駅だった。

稲村ヶ崎公園は夏の間はいつも人が多い。家族連れに夕日狙いのカメラマン……そして何よりカップルらしい男女の姿が目立っていた。

「上に行こうよ。あっちはあんまり人いないし」

彰子は階段を上ると稲村ヶ崎の岬の上に向かった。

井上馨の別荘があった時代に、母屋があった岬上も公園として整備されていたが、足元の岩が脆いためにあまり人はここまで登ってこない。スニーカーにデニムを選択した今朝の自分に感謝して、彰子は夏草を踏んで崖ギリギリまで隼人を連れていった。

「間に合った。見て」

長く伸びる七里ヶ浜の左には江の島、そして右の片瀬山《かたせやま》のあたりに日が沈んでいく。寄せては返す稲村ヶ崎の海が黄金《こがね》色に染まる。恋人たちが笑い合い、子供たちが走り回る。海が染まる美しい瞬間を撮ろうと、あちらこちらからシャッターを切る音がした。

隼人もカメラのファインダーに目を通したが、シャッターは切らなかった。

「ここだけはわたしが鎌倉で好きな場所」

「ここだけ？」

その問いに、彰子は黄金色に輝く海の方を見た。

「わたしさぁ、中学を卒業してこっちの高校に入ったじゃない。でも、友達なんてひとりもできなかった。ひとりでいるわたしに声をかけてくれる人もいなかったし、何年経っても心から打ち解けられる子もいない。ずっとずっとひとりぼっちだった」

「雨野……」

「なんてね」

彰子は海を見たまま笑った。

「そんなことしてたら学校通えないじゃない。わたしはこう見えても転校のエキスパートよ。だから、顔だけ笑ってグループに入って、仲間外れにならない程度につき合って、他の子と一緒に他人の悪口を言ったり言われたりして」

こんなことを隼人にしゃべるためにここに連れてきたのではなかった。でも、言葉は次々と彰子の口から溢れ出した。

「そうして高等部卒業して、やっぱり適当に大学通って、みんなと同じバイトして、入りたくもないサークル入って、笑いたくもないのに笑って……」

「おまえさぁ、本当は……」

「あ、今の話は気にしなくていいよ。転校する前から大体こんな感じだったし。でも、中学の頃は楽しかったな。本当のわたしは……もうわかんないや。隼人くんの知ってたわたしがどんな子だったのか」

鼻の奥がツンと痛い。涙の膜ができるのがわかって、その顔を隼人に見られたくなくて背中を向けた。メガネを外し夕日が眩しい振りをして、片手で目を覆った。

(わたしはこのまま社会に出るのが嫌だったし怖かったんだ)

だから、採用試験に落ちてもショックはなかった。どこかでホッとしていた。

「大っ嫌い。わたしはこんな今の自分が大っ嫌い」

「そうか？　別に久しぶりに会っても、俺はおまえが変わったとか思わなかったぞ」

「え……？」

彰子が振り返ると、隼人は笑っていた。

「それにもう中学生でもないんだ。帰ってきたければ自由に来ればいいだろう」

「わたしのことなんてみんな忘れてるよ」

「何を拗ねてんだよ」

「拗ねてなんかないよ。でも……」

「それに高校出るまでよく中学のクラスの奴らで集まってたけど、女子の何人かおまえに会いたいって言ってたな。話が行かなかったか？」

「そんなことなかったけど……」

彰子は口籠った。これまで何回か、中学の友達から同窓会の誘いが来たことはあった。鎌倉と前橋は行こうと思えば高校生で行ける距離だ。それを何かと「理由」をつけて、断ってきた。

そしてその「理由」を彰子はまだ隼人にもしゃべっていなかった。

「ちなみに、俺は今夜群馬に帰るがこの取材は継続する。今回の件で県内で調べることがいくつかできたしな」

「調べることって？」

「生品神社の銅像の行方も気になるが、二十体の義貞像が何を意味するのか？　おまえの家の銅像は一体何なのか」

「隼人くん。それってわたしも手伝っていいかな？」

彰子は咄嗟にそう言った。

「わたしは自分の家に義貞像があることも、それからお祖父ちゃんが警察官だったことも群馬にいたことも知らなかった。どうしても、自分のルーツを知りたいの」

そうすれば、何か目標とするものができるかもしれない。彰子は今の自分の状況を変えたかった。

「断っておくが、俺も太田新報の非常勤記者だ。バイト代出してやれる身分じゃないぞ」

「わかってるって」

「なら、決まりだ。いや、実はアシスタントがひとり欲しいと思ってたんだ。雨野ならこっちも好都合だ」

「よろしくね。絶対に足は引っ張らないから」

「だったら雨野、連絡先を聞いていいか？　この間、聞き忘れたので今日は大変だった」

「うん。でも、わたしは携帯これだから連絡は通話かメールでお願い」

彰子が携帯をバッグから取り出すと、隼人はめずらしそうな顔をした。

「ガラケーって最近さすがにあまり見なくなったな。不便じゃないのか？」

「わたしはほら、隼人くんみたいな仕事でもないし。これ最後まで使ってあげたいし」

それは遥に何度も「スマホにしなって」と言われても、これだけは彰子が譲らないことだった。もう八年以上も使っている携帯だったが、幸いに赤外線通信で番号、アドレスの交換はできた。

「まあ、おまえは昔から物を大事にしてたし、らしいと言えば……って、何を笑ってんだよ？」

「え～なんかさぁ、嬉しいなーと思って」

彰子はデータが一人分増えた携帯を握りしめてはにかんだ。ただ連絡先を交換しただけ――それだけなのに、ずっと切れていたものがつながった気がした。

「雨野さぁ、ちょっとあれ見てみな」

隼人が急に江の島の方を指差したので、彰子はその指の先をつい目で追った。

「何もないみたいだけ……」

また顔を向けると、音も立てずに距離を取ったらしい隼人がカメラを構えていた。同時に〝パシャ〟

とシャッター音がした。モニターで撮った写真を確認して、隼人はニヤッとした。

「うん、いい出来だ。太田新報に写真展のページがあるから、紛れ込ませて載せておくか」

「ダ、ダメだって！　今日メイクしてないし、目腫れてて酷い顔……あ~信じらんない。何で男子っていくつになってもバカなわけ？」

「バ、バカはおまえだ！　危ない！　下崩れる！」

カメラを取り上げようと彰子が腕を掴むと、隼人の足元の岩がボロボロと崩れ落ちる。彼は本気で慌てていたが、彰子は構わずに掴んだ腕を引き寄せた。

隼人の身体の温もりを感じた。笑いながら、また少し涙が出た。

# 第三章　故郷

# 一

八月半ばになってもまだまだ暑い日が続いていた。

八月十六日、彰子は朝七時前に家を出て横須賀線で大船へ行き、そこから湘南新宿ラインに乗り換えた。電車は東京、埼玉の各駅を時刻表通りに通過していく。

籠原《かごはら》駅に近づくと「前より五両のお客様は後ろの車両にお移りください」とアナウンスが流れた。どうやら、彰子の乗っている車両はこの駅止まりらしい。

(どうりで後ろの車両より空いていると思った)

他の乗客と一緒に後部車両に移動したが、そちらは空席のないほど込み合っていた。ドアの側に立つこと七駅で、電車は高崎駅に停車した。下車して両毛《りょうもう》線のホームに移動すると、そこには銀色の車体にオレンジと緑のラインの入った古い車両が停車していた。

(これでよく遊びに行ったなぁ)

懐かしさが胸に込み上げる。鉄道の少ない群馬では、友達と「電車に乗りたい」という理由だけで、わざわざこの電車に乗りに来たこともあった。その時は高校、大学と毎日電車通学するとは思ってもいなかったが。

発車ベルが鳴り電車は動き出した。車内は一転してガラガラに空いていたが、彰子は座らずに先頭車両のドアの前に立ったまま、車窓から流れる景色を眺めていた。

高崎問屋《とんや》町駅、井野《いの》駅を過ぎて、電車は新前橋駅に停車した。彰子はだんだんと自分が緊張していくのを感じていた。

電車は新前橋駅を離れると、すぐに利根川の鉄橋に差しかかった。

川の向こうには前橋の町並み、そして空に向かって一本高く聳える群馬県庁の庁舎が見えた。地上百五十四メートル、三十三階建ての県庁舎は、彰子が前橋に引っ越してきた頃には「新庁舎」と呼ぶ人も多かった。東京都庁を別にすれば地方自治体庁舎では日本で一番高いらしい。

(赤城山だ)

そしてこの街をまるで抱くように、富士山より長い裾野の赤城山が聳《そび》える。

前橋——中学の卒業式から二日後に、家族と一緒にこの町を離れてから八年半。口に出したことは一度もなかったが、ずっと彰子の心の中にこの風景は存在していた。

「……わが故郷に帰れる日、汽車は烈風《れつぷう》の中を突き行けり。ひとり車窓に目醒《めざ》むれば、汽笛は闇に吠え叫び、火焔《ほのほ》は平野を明るくせり」

口をついたのは前橋出身の詩人・萩原朔太郎《はぎわらさくたろう》の『帰郷《ききよう》』の一節だった。

「帰郷……わたしの故郷……」

八月の今は烈風ではなく、夏の眩い光の中を電車は進む。汽笛の替わりに鈍い金属音を響かせて前橋駅に停車した。

彰子が降りようとすると、部活の試合にでも向かう途中なのか、スポーツバッグを肩にかけた男子高校生の一団が乗り込んできた。こういう光景も懐かしい。降乗客がごちゃごちゃに入り乱れるのも、乗客の少ない駅だから見られる光景で、牧歌的な感じがして彰子は好きだった。

発車のメロディは童謡の「チューリップ」。この曲を作ったのは前橋出身の作曲家・井上武士《たけし》だ。曲が終わると電車は、終点の栃木県小山《おやま》に向かっていった。

エスカレーターを降りて改札口を出ると、そこは八年半前と特に変わった様子はなかった。券売機とみどりの窓口、キヨスク、立ち食い蕎麦の店、ファーストフード……他に目立ったものが何もない駅は、中学の友達が「絶対に迷子にならない」とネタにしていた。

改札口のすぐ横には、一枚の大きな絵が飾られていた。彰子は現物を知らないが、元の前橋駅は昭和二年（一九二七）に建てられた赤レンガの駅舎で、全国でも有名な名駅舎だったそうだ。それを昭和の終わり――所謂バブル景気の頃に駅ビルに建て替えようとして、その駅舎を撤去した。ところが、新駅舎着工の前にバブルが弾けてしまい計画自体が有耶無耶になった。つまり、この駅舎は「仮駅舎」として建てられたもので、そのまま約三十年間使われ続けていることになる。

（高校卒業したらどうせ運転免許取るから駅なんか……とかみんな言ってたっけ）

しばらくぐるりと駅構内を見回して、彰子は北口から外に出た。

二

北口駅前広場のタクシー乗り場の左端に、深赤色のかなり型の古いツーリングワゴンが止まっていた。

窓から中を覗くと、運転席から隼人が軽く手を上げた。彰子は荷物を乗せようと後部座席のドアを開けた。隼人の私物がいろいろ無造作に積んであったが、押しやってスペースを作ると荷物を乗せた。

「えらい大荷物で来たな」

隼人が運転席から後ろを見て言った。

「キャリーバッグに……芸術専攻の奴って必ずその巨大なパネルバックを持ち歩くのか？」

「いろいろ持ってきちゃった。それよりもさぁ、随分と年季の入った車ね」

「元は三百万近い高級車だから心して乗れよ。もう二十数年落ちだけど」

「真治なんて高校卒業したら、新車買ってもらうって言ってるけど」

「それはご家庭によって事情は違うだろう」

「でも、浪人中に車買うと翌年も落ちるってジンクスあるよね」

「早くも浪人確定なのか、おまえの弟？」

特に挨拶もせずにそんな会話をしながら、彰子は助手席に座ると窓を開けて駅に隣接して建つ五階建てのビルを見上げた。

「ねえ、ここってショッピングセンターじゃなかったっけ？」

「おまえが鎌倉行った次の年くらいに閉店したぞ」

「え〜それって何気にショック……」

「国道沿いにあったショッピングモールも閉店したな」

「ちょっと、そっちの方が数倍ショックなんだけど。中学の時、それこそ毎週行ってたし。服とかほとんどあそこで買ってたのに」

不景気な話を続けて聞かされて彰子はがっくりした。「じゃあさ、お土産どこで買ったらいいと思う？」と聞いたら、ギアを入れ替えようとしていた隼人は思いっきり手を滑らせた。

「大丈夫？　安全運転してよね」

「帰ってきた早々に何の話だよ。ところで、おまえ今日もメガネしてないな」

「うん、元々メガネとコンタクト半々くらいで使い分けた方が目が疲れないし。作業する時はメガネだけど。隼人くんはどっちがいいと思う？」

「いや、俺は絵は描かないし」

車が発進して駅前通りのケヤキ並木を抜ける。彰子が助手席の窓から見る繁る緑の枝葉は、八年半前よりも少し高くなっているように感じた。

昨日の夜、部屋でひとりファッションショーをして、着ていく服をあれこれ悩んだ。途中で、「隼人くんと会うだけだよね」と自分で自分に突っ込んだものの、中学の時はほとんど制服か、学校指定のジャージでしか会っていない。よく考えたら洒落っ気のない中学生だった。

悩んだ結果は白のブラウスに、水色の膝丈フレアスカートに足元はスニーカーで落ち着いた。遥には常々「ダサい」と言われるメガネはバッグにしまって、コンタクトレンズにした。

（ほとんどジーパンで大学に通っているわたしとしては、これはかなりがんばっているな）

でも予想通りとはいえ、隼人からその「がんばった」服装に関して、特に感想がなかったのでそれはちょっと不満だった。

信号で車が停止すると、隼人は後部座席からクリアファイルを取って彰子に渡した。

「あれから俺なりに調べて考えた。今回の調査は主にこの二点」

彰子がファイルを開くと、一ページ目には二行しか書かれていない。それは、

義貞公会

新田義貞像設置計画

だった。

「義貞公会については調べてみた」

駅前通りを北に直進すると、前橋では有名は「五差路」に出た。このすぐ脇には知弘が勤務していた海北銀行前橋支店があるが、車はその前を通過して県庁の方へと向かった。

「まず、昭和八年に太田や東毛を中心に、新田義貞公挙兵六百年祭が挙行された」

「なんで昭和八年なの？」

「昭和八年は西暦では一九三三年だ。つまり……」

「わかった。新田義貞の生品神社挙兵が一三三三年だから、六百年の節目の年ね」

「雨野も随分調べてきたな。そう、この昭和八年から昭和十年までは、『建武の中興六百年祭』が日本各地で挙行されている」

隼人は笑って続けた。

「その二年前の昭和六年が、日本が中国大陸に進出を開始した満州事変だ。そのため、『国威発揚《こくいはつよう》』が盛んに叫ばれた頃で、天皇のために戦った歴史上の人物が次々に顕彰された。南北朝時代は後醍醐天皇対武士の戦いだからな。義貞にしろ楠木正成にしろ、顕彰の対象としては持ってこいだが……」

「こいだがって……何かあるの？」

「群馬では太田を中心に式典が行われたが、一地方的なものだったと言っていい。一方で同じ南北朝時代の武将でも、楠木正成は大阪、神戸など大都市で大々的に執り行われた」

「そういえば、皇居前にある銅像って楠木正成だよね？」

高等部の時の校外授業で皇居前広場に行ったことがあった。皇居参拝の人混みから少し外れた場所に、立派な騎馬武者の銅像があったのを思い出した。

「あれは明治三十年代に設置された。高村光雲《たかむらこううん》の作成だな」

「なら、上野公園の西郷隆盛像と同じ製作者だね」

高村光雲は明治時代を代表する彫刻家なので、芸術研究科の彰子はそれなりに知っていた。

「あの銅像って特に馬は日本彫刻馬の最高傑作だって聞いたことあるよ。なんで皇居前にあるのかは知らないけど」

「明治政府の肝いりで置かれたって話もある。真相は不明だけどな」

「義貞の銅像はうちの蔵に入る大きさなのに、なんか不公平だよね。どっちも後醍醐天皇のために戦った武将なのに」

「厳密に言えば、義貞は後醍醐天皇軍の総司令官クラス、楠木正成は部隊長クラスだ。だが、正成は

『太平記』など歴史書に派手な記述が多いので、昔から人気がある。赤坂城、千早《ちはや》城の奇抜な戦いぶりとかな」

そのあたりのことまで彰子は知らなかったが、隼人の話は続いた。

「それで、群馬側の人間も巻き返しに出たってことだろう。『皇居前に義貞像を』と明治以降運動していたが、昭和九年十月にひとつの義貞顕彰組織が立ち上がった」

「それが義貞公会？」

「次のページ見てみろよ」

ファイルをめくると、そこに古い本からコピーしたと思しきものが、ファイリングされていた。「これは何？」と訊ねると、「義貞公会の名簿」と隼人の返事が帰ってきた。

「義貞公会の資料は探すのにちょいと苦労した」

彰子は「ふ〜ん」と頷いて、ファイルに目を落とす。「義貞公会役員名簿」と書かれたその資料の先頭には「総裁　徳川家達《いえさと》」とあった。

「徳川はあの江戸幕府の徳川だよね」

「明治維新の時は御三卿の田安《たやす》家の当主で、長じて徳川本家を継承して徳川家達と名乗っている。世が世なら第十六代将軍だったたな」

「なんで徳川の人が義貞公会の総裁になるの？　だって江戸幕府の将軍様でしょう？」

「おまえ、自分で昔なに言ったか覚えてないのかよ？」

「わたしが？　……なにか言ったっけ？」

彰子は小首を傾げたが、隼人はにやにやして運転している。

「まあいい、ゆっくり思い出せ。徳川家康は江戸幕府を開く時、新田氏の末裔を称したんだ。新田氏は源氏で、将軍になれるのも源氏だけというのが慣例だからな。昭和のこの時期も徳川家は新田の子孫を名乗っていた」

彰子はその説明を聞きながら、義貞公会の名簿を一通り見た。ほとんど知らない名前だったが、「徳川」と「松平」を名乗る人間が確かに多い。「松平」は徳川家康の一門の苗字だったはずだ。

「ねえ、この副総裁の金澤政雄って人は？」

「それは当時の群馬県知事」

「でもさ、肝心の新田を名乗る人がいないんだね」

「新田義貞の直系子孫は行方不明だからな」

「行方不明？」

「義貞の嫡男……嫡男ってのは跡継ぎの男子のことだ。嫡男の新田義顕は父の死ぬ一年半前に、越前敦賀の金ケ崎《かねがさき》城で戦死した。年齢はまだ二十一歳だった」

「今のわたしたちよりも若いんだね」

複雑な思いがした。でも、二十代に限らずたとえ今の高校生くらいの歳でも命を落とすのが当時の戦争だ。

「ねえ、義貞の子は他にはいなかったの？」

「義顕の下に弟がふたりいたが、義貞の次男・新田義興《よしおき》も南朝のために戦い、足利方に謀殺された。

『神霊矢口渡』って歌舞伎の題材にもなって、東京の大田区に新田神社がある」

「その辺りに住んでたことあるよ。東急多摩川線の武蔵新田って駅名はそこからなんだ」

父の東京勤務時代は幼稚園の年中組までで記憶は曖昧だったが、銀行の社宅はこの近くだった。大きな破魔矢のある神社だったはずだ。

「義貞三男の義宗《よしむね》も足利と戦い続けるがこれも戦死した。確かな記録として確認できるのは義宗の子、つまり義貞の孫の新田貞方《さだかた》が足利方に捕らえられて、七里ヶ浜で斬首されたところまでだ。義貞戦死から七十年後のことだ」

「七里ヶ浜で……」

毎日通学で車窓から見ていた浜で、大昔にそんな悲劇があったとは彰子は思いもしなかった。サーフィンを楽しんでいる人たちも、そんなことは誰も知らないに違いない。

罪悪感にも似た気まずさを感じたが、彰子は訊ねた。

「新田家はそれで潰えたの？」

「室町幕府が衰えると、義貞の息子や孫を養子にした、我が家はその子孫だと主張するのが山ほど出てきた。徳川家康もそのひとりだが、そんなのは俺から言わすと全部眉唾だな」

そう言った時の隼人の横顔は、何だか妙に深刻に見えた。彰子は「そういえば、昔……」と、喉元まで出かかった言葉を飲み込んで話を変えた。

「ところで、今日は最初はどこへ行くの？」

「ああ、まだ言ってなかったな。義貞公会はその名簿の当人で存命している人間はいない。子孫も……はっきり言って望み薄だ」

「昭和九年なら八十年以上前だもんね」

「だが、義貞公会の資料を調べてわかったことがある。それが次のページだ」

またファイルをめくると、今度は隼人の字で「義貞公会設立の目的」と箇条書きされていた。「これは？」と彰子が訊ねると、「義貞公会設立の辞から抜き書きした。義貞公会はそれの実現を目指して活動していたらしい」

ページには順に、

一、義貞公奉斎神社の奉賛事業
二、義貞公に関する事蹟の調査顕彰
三、義貞公に関する遺蹟の調査保存
四、義貞公に関する遺物の収集保存
五、義貞公に関する史料の収集保存
六、義貞公に関する史料の編纂刊行
七、帝都に義貞公の銅像建設
八、その他義貞公に関する記念祭典・講演会などの開催、戦没六百年祭の執行

「見事に新田義貞一色ね」

さすがに彰子も少し呆れたが、その中で七番目に書かれたものが目に止まった。

「ねえ、この銅像建設計画は？　帝都って東京のことだよね」

「さっき言った群馬側の巻き返し……東京への銅像建設計画が義貞公会活動の一番の柱だった。それが県内にあったという十九体の銅像と、どう関係あるかだが。雨野、次のページに銅像の一覧がないか？」

更にファイルをめくると、手書きで学校名、地名、年次、銅像製作者名が書かれていた。

「群馬会館、勢田《せた》郡O小学校、高崎市C小学校……でも、この銅像は戦時供出で現存していないんでしょう？」

「太田市や旧新田町は先に調べたが、何一つ残っていない。だが、銅像は無くても何か痕跡ひとつくらい見つかればと思ってな」

「それで、群馬会館ね」

彰子はそこでようやく、この車がどこへ向かっているのかわかった。

三

県内随一の高層ビルである群馬県庁の横には、一転してレトロな雰囲気の三階建て洋風建築が建っていた。昭和三年（一九二八）に落成した旧県庁舎で一階外装は疑石タイル、二、三階は昭和初期の流行建築技法である、レンガスクラッチ貼りになっている。建設当時、東京にもないと言われた堂々たる県庁舎だった。

平成十一年（一九九九）に現在の新庁舎が完成して、本来は取り壊しになる予定だったらしい。それが先に前橋駅を解体してしまったことに批判もあり、風光明媚なこの庁舎を惜しむ声が数多く上がった。当初予定が変更されて保存が決まり、現在は「昭和庁舎」の名で親しまれていた。

その昭和庁舎と道を挟んだ相向かいの位置に、同じようにレトロな雰囲気の群馬会館があった。群馬会館の落成は昭和庁舎の二年後で、昭和天皇即位の大典を記念して建てられた群馬県初の公会堂だった。昭和庁舎と同じくレンガスクラッチの外観で、こちらは三階上部にはめ込まれたステンドグラスが、夏の陽の光を映して光っていた。

ここは父の銀行ではよく使っていたので、彰子も何度か来たことがある。由来も当時の父の同僚の人に教えてもらっていた。

隼人は群馬会館と県庁通りを挟んだ、前橋市役所の駐車場に車を入れた。

二十年落ちと言っていたが、乗り心地は彰子の家の車よりもずっといい。「いい車だね」と褒めると、「エアサスと俺の腕」と返事が来た。

「前半は意味わかんないし、後半はさっき急ブレーキでわたしはファイル落としたよ」

「やかましい」

先に降りていた隼人は、彰子は降りると鍵穴にキーをさして施錠した。クラッシックな鍵だが、これはこれでいかにも車っぽくて良い。

「前にも話したが、群馬会館の義貞像が第一号だ。落成を記念して中島知久平が寄贈した」

「隼人くんのこの車を造った会社の創業者の人だよね」

「戦前は航空機メーカーとして数々の名機を手がけている。中島は東毛の出身だけに義貞顕彰にも熱心だった。さっきの義貞公会名簿にも名前があっただろう？」

コンコンと愛車の窓ガラスを軽く叩くと、隼人は彰子を促した。

ふたりで歩いて駐車場から出る。彼は肩からショルダーバッグ、手にはまた一眼デジカメを持ち、彰子は渡されたファイルを抱えた。

駐車場の出入り口のところには、初代前橋市長・下村善太郎《しもむらぜんたろう》の銅像があった。彰子はその前でお辞儀をして手を合わせた。

「おい、下村の銅像の前でなにやってんだ？」

「うん。帰ってきましたよって初代市長さんにご挨拶しないと。人格者の生糸商人だったって中学の頃に聞いた気がするし」

「下村の銅像も戦時供給で持っていかれて、戦後になって再建された二代目だ」

「こんな好々爺然としたおじいちゃんの銅像まで持っていったんだね」

「いやいや、かなりの辣腕家で県令の横っ面を札束で引っ叩いた話もあるぞ。前に前橋が大河ドラマに出たときはそのシーンカットだったけどな」

そんなシーンは公共放送のドラマでは流せないだろうと思っていると、隼人はショルダーバッグからA４紙を一枚取り出した。

「渡したファイルにも同じのが入っているが、これが群馬会館の義貞像だ。見つけるのに苦労した」

「あ、確かに同じ銅像だね」

それは、何かの本に掲載されていた写真をコピーしたものらしく、「群馬会館の新田義貞公像」と説明文もついていた。この写真では大きさはよくわからないが、生品神社や彰子の家の銅像と良く似ていた。

彰子は写真を見てあることに気づいた。

「ねえ、義貞の銅像って足元に丸い飾りみたいのがついてるじゃない。わたしの家のにも、生品神社のにもあったけど、これって何なの」

「おそらく、稲村ヶ崎の波を表したんだろう」

「装飾まで一緒……そこまでまったく同じ銅像として造っているんだね」

前にテレビで二宮金次郎像の特集を見たことがあるが、それは「同じ金次郎像でもこんなに違う！」という内容だった。座って本を読んでいるとか、背負っているのが薪ではなくて魚を入れる魚籠《びく》だとか。

義貞像を見るのはこれで三体目だが、それは奇妙なほど同じ造形をしていた。

「群馬会館の銅像が初代だからな。他はそれに似せようとしたんだろう」

「う〜ん、そうかなぁ？」

彰子には疑問が残った。

「さっきの一覧表によると、銅像の製作者はそれぞれ違っているみたいだし。芸術家って自分の個性を出そうとして、まったく同じものを造るのは敬遠すると思うけど」

隼人は特に疑問に思っていないらしいが、彰子はそこに少し引っ掛かりを覚えた。

四

群馬会館の受付で隼人が訊ねたが、「そんな銅像があったことすら聞いたことがない」と初老の事務員からは、少し迷惑そうな返事をされた。

それでも「調べさせてほしい」と粘ると、事務員は「少し待ってください」と言って、「もしもし、群馬会館の金谷《かなや》ですが……」とどこかに電話を掛けた。

その間、彰子は事務室横の長椅子に腰かけていたが、隼人は一階の通路を右に行ったり左に行ったり忙しなく歩き回っていた。

「少しは落ち着いて待ちなよ、隼人くん」

彰子が注意しても、彼はうろうろしている。しばらくしてやっと戻ってきて隣に座った。

「そんなものはないが、見て回るだけなら良いですよ」

事務員の金谷がわざわざ彰子たちのところまでやって来て伝えた。彰子は「ありがとうございます」と頭を下げた。ところが、隼人は「どうも」と軽く手を上げただけで、さっさと外に出ていってしまった。

「ちょっと、隼人くん」

彰子が後を追いかけると、彼は足を止めて振り返った。

「ここには何もないな。外観こそ建設当時のままだが天井も壁も何回も改装が入っている」

「そういえば、随分と綺麗な内装だったね」

「あの写真を見る限り、義貞像は館内にあったらしい。ちょうど、雨野の座っていたあのあたりだな」

「じゃあ、顔はさっきの駐車場の方を向いていたのかな」

「仕方ない。せっかく許可をもらったんだ。会館の周りを調べてみるか」

「そうだね」

彰子は隼人と手分けして、群馬会館の周りを調べた。でも、表には職員の駐車場、裏には駐輪場があるだけで、義貞像の台座の痕跡すら見つからなかった。

「初手から先行き悪ぃな」

隼人は左手で髪にさわった。

「群馬会館食堂でカレーでも食っていくか……高いけど」

「ねえ、この近くの小学校にも銅像があったらしいよ」

彰子はファイルを開いた。

十九体の義貞像の内、県都である前橋に設置されたものは群馬会館を含めて四体あった。その内の一体は昭和十五年（一九四〇）に前橋市立M小学校に設置されていた。群馬会館からだと歩いて十分もかからない場所だ。

「小学校は最近、取材のハードルが高いんだよな。大体、今日はまだお盆期間だから人がいるかどうかわからないし」

隼人はぼやいていたが、スマホから電話を掛けた。そうは言っても、学校の電話番号は事前に調べてあったらしい。

まず、「取材させて欲しい」と説明していたが、「じゃあ、今からすぐに」と言って電話を切った。

「教頭というのが出た。お盆中で他に人がいないが、それでもいいなら取材させてくれるそうだ」

「じゃあ、行ってみようよ」

「雨野さぁ、おまえ妙に元気だよな」

先に歩き出した彰子に、彼は呆れ気味な声をしたがふたりは県庁前の通りに出た。

群馬県庁前の通りは、一見すると奇妙な印象を受ける。彰子は中学の頃からそう思っていたが、今見るとその正体が「違和感」であるとわかった。

群馬県庁が建っている場所は、元は「関東の華」「関東一の名城」と呼ばれた、前橋城のあった場所だ。明治時代に生糸で財を成した前橋は群馬県庁の誘致に成功すると、大正、昭和を通じて、関東地方でも有数の経済都市だった。中心街にはメガバンクが競って支店を構え、海北銀行もそのひとつだ。関東地方で日本銀行の支店があるのも、前橋と横浜だけだった。

目まぐるしい発展を遂げた痕跡が、群馬県庁前の風景だった。前橋城の土塁が残り、昭和初期に建てられた洋風建築の昭和庁舎と群馬会館、平成になってからは三十三階建ての新庁舎と、それと同時建設された群馬県警庁舎……

江戸時代から現代に至る歴史が、一本の通りの左右に並ぶ景色は壮観である反面、どこかアンバランスだった。

「年々変な通りになるよな」

この町で生まれ育った隼人は、新庁舎が建つ前の通りの姿も良く知っているらしい。

「俺が子供の頃は昭和庁舎と群馬会館が釣り合って、結構風情があった。あの新庁舎がどう見てもミスマッチだな」

「そういえば、中学の時もそんなこと言ってたっけ？」

「歴史的文化財の扱いが雑だよな。かと言って、新しいものにすべて造り替えるにはこの不景気で金がない。基幹産業だった生糸も廃れて久しいしな」

「隼人くんは不満なんだね」

「雨野は違うのか？」

「わたしは完成されたシンメトリーよりも未完成はアシンメトリー（左右非対称）が好きかな。過去と現在が一緒にここにあるような気がして」

彰子はレトロな昭和庁舎を眺めてから、そびえ立つ新庁舎を見上げた。降り注ぐ今日の暑ささえ、心地よく感じていた。

## 五

取材を申し込んだ前橋M小学校は、県庁や群馬会館と比べて更に歴史が古い。開校は明治維新直後の明治五年（一八七二）、群馬県下で最初の小学校だそうで、創設したのは銅像にもなっている下村善太郎だ。日本中でも十指に入る古い学校だろう。

　M小学校の前まで来ると、正門脇に「本校卒業生　鈴木貫太郎《すずきかんたろう》先生生誕記念」と書かれた、七メートルはある横長のプレートがかけられていた。それを見て隼人はニヤッとした。

「これは少し期待できるかもな」

「えっと……誰だっけ鈴木貫太郎って？　聞いたことある気がするんだけど」

「M小学校から旧制前橋中学を経て海軍に入って、連合艦隊司令長官にまでなった軍人だ。昭和天皇が信頼した側近で、終戦工作を成し遂げている」

「思い出した。戦争が終わった時の総理大臣でしょ。群馬出身初の総理だって、中学の歴史の授業で先生が言ってたよね」

「この手の学校は歴史的なものを残している場合が多い。行こう」

　少し光明が見えたのか、隼人は正門脇のインターホンを押すと来訪を告げた。

　すぐに痩せた男性が出てきて、「本校教頭の江田《えだ》です」と隼人と名刺を交換した。「以前にも研究者の方が調査されましたが、特に何も……」と、こちらも声は迷惑そうだったが、隼人が「それでも」と言うと「では、二階の応接室へ」と中へ通された。

　階段を二階に上がると廊下の向こうから話し声が聞こえた。見ると高学年らしい女子が五人、おしゃべりしながら歩いてきた。みんな日焼けしてビニールバッグを持っているところを見ると、夏休みのプール開放だろうか。

「こんにちは」

彰子が挨拶すると、「こんにちは！」と次々と返事が返ってきた。すれ違った後で、「ねえ、カップルかなぁ」とひそひそ声が聞こえた。

職員室の横を通ったが他の先生はいないらしい。ソファーのある応接室に通されて十分くらい待つと、江田教頭がアルバムを持って戻ってきた。

「今、本校にも残っている写真はこの二枚だけです」

そう見せられた一枚は、義貞像の全身を写したものだった。もう見慣れた太刀を捧げた姿で、生品神社のものよりもちょっと大きく見える。台座には「忠烈」の二文字と、「海軍大将男爵鈴木貫太郎」と刻まれていた。

「碑文は鈴木貫太郎海軍大将ですか？」

「ええ、鈴木先生は本校を代表する卒業生ですので」

隼人が訊ねると、江田教頭は誇らしげな顔をした。

「実は私もこの学校の卒業生で、鈴木先生の後輩に当たります。鈴木先生は来県されると必ずこの学校にお立ち寄りになられていたそうで、私が子供の頃におられた先生方の中には、御面識のあった方もいらっしゃいました。元々は大阪のお生まれですが、御幼少の頃に前橋に移り住まれて……」

話はそのまま、江田教頭の「鈴木貫太郎講座」へ突入していく。

(校門のところのプレートもこの先生が設置したのかな)

彰子がちらりと横目で見ると、隼人も同じことを思ったらしく「ところで」と話を変えた。

「この銅像は学校のどこにあったのかわかりますか？」

「一枚目の写真の背景に校庭が映っていますから、校舎の南側でしょう。鈴木先生揮毫の台座が現存していないのが残念です」

まだ、鈴木貫太郎について話し足りないようだが、江田教頭は二枚目の写真を示した。

それは義貞像を中心にして十数人が映っている。子供たちは坊主頭とおかっぱ頭で、男性教師は国民服、女性教師はモンペというういかにも戦時中の写真だった。

「これは？」

「戦時供出で義貞像が『出征』する前に、教職員と子供たちで撮った写真です。時期ははっきりしませんが、服装からして昭和十七年の冬頃でしょうか」

確かに子供たちはみんな長袖の服を着ている。彰子も江田教頭に訊ねた。

「鈴木貫太郎さんは海軍の偉い人で総理大臣にもなるんですよね？」

「それ以前に、昭和天皇の侍従長をお務めですが？」

江田教頭はじろっと彰子をにらんだ。どうも個人的に随分と鈴木貫太郎に思い入れのある人らしい。彰子は「すみません」と謝ったが質問を続けた。

「でも、そんな人が揮毫した銅像なのに供出しなくちゃいけなかったんですか？」

「私も当時のことを直接知っているわけではありませんが、例外は認められなかったようです。それに……」

「何か他にも理由があったんですか？」

「聞いた話ですが、鈴木先生も銅像は供出すべきとおっしゃられたとか」

「それってやっぱりご本人が軍人だからですか？」

「それもあるでしょうが……やはり侍従長をお務めだった先生は積極的にお国のお役に立ち、群馬県としても昭和天皇誤導事件の汚名を濯ぐべき。そう考えておられたのかもしれません」

「昭和天皇誤導事件って何ですか？」

「御存知ないですか？　お若いので無理はないかもしれませんが……」

江田教頭が眉をひそめた時、「雨野」と横から隼人が口を挟んだ。

「失礼しました。今回はあくまで義貞像の取材です。これから、校内の義貞像のあった場所を見たいのですが？」

「電話でも申し上げましたが、当時のものは何もありませんが？」

「銅像と同時期に建てられた、鈴木貫太郎大将の記念碑が現存していますよね。今度、太田新報の歴史面で紹介したいと考えています」

「それは良いかと。では、ご案内しましょう」

江田教頭はニコニコして立ち上がった。隼人も続いて立ったが、彰子はソファーに座ったままでいた。

「雨野、行くぞ」

「ゴメン、わたしちょっと疲れちゃった。暑いしここで休ませてもらっていいかな？」

彰子は目を逸らしてそう返事をした。

隼人は「ああ」と頷くと、江田教頭の後に続いて応接室から出ていった。

## 六

隼人は校庭で義貞像の痕跡を探したが、何も見つからなかったという。その後、正門脇の鈴木貫太郎記念プレート前で江田教頭の話を約三十分聞かされたと、少しうんざりした顔で戻ってきた。

江田教頭にお礼を言ってM小学校から出たが、彰子はずっと黙って歩いた。隼人は最初こそ話しかけてきたが、返事は返さなかった。

真っ直ぐ車には戻りたくなくて、彰子は横断歩道を昭和庁舎の方に渡った。芝生の広場を横切って庁舎の中に入ると、ひんやりして涼しい。群馬会館と違い内部も建設当時のままで、よく映画やテレビドラマのロケで使われるという階段を彰子は二階へ上がった。

昭和庁舎には会議室など一部の県庁機能が残っていたが、二階は高校生、大学生、一般市民に学習室として無料開放されていた。彰子が部屋に入ると平日の昼間だが五、六人が大机に向かっていた。

彰子は人のいないところに行きたくて、学習室の奥の扉からバルコニーに出た。隼人はさっきから黙っていたが、後ろからついてきた。

「隼人くん、わたしに隠し事してたんだ。酷いよ」

屋外のバルコニーは蒸し暑く、風も少し強かったが、彰子はどうしてもふたりきりで言いたいことがあった。

「昭和天皇誤導事件のことはわたしに隠していたでしょう？」

「隠していたわけじゃない」

隼人は左手で髪にさわった。

「今回はあくまで義貞像と義貞公会を調べている。誤導事件は関係ない」

「嘘だね」

彰子はバッグから携帯を取り出した。

「さっき隼人くんが外に行った時に携帯で調べた。昭和九年、昭和天皇誤導事件……日付は十一月十六日。義貞公会設立の翌月じゃない」

「ガラケー使っているからって探索しないわけでもないんだな。中途半端に調べられる時代というのも、いいんだか悪いんだか」

「誤魔化さないで。この二つって完全に無関係?」

彼は気まずそうに、また髪に左手をやった。「とりあえず車に戻ろう。ここは暑い」と背中を向けかけたが、彰子はその左手を掴んだ。

「隼人くん!」

「……無関係だとは俺も思っていない。義貞公会の設立は昭和九年十月。ただし、その活動は十一月の天皇来県後からとする。義貞公会設立の辞にもそうあった」

「それじゃあ……」

「だが、実際に年が替わった昭和十年一月以降に、義貞公会が表だって活動した形跡はない。おまえに見せた名簿の中で、副総裁だった金澤群馬県知事は事件の責任を取って引責辞任した。他にも県の要職に就いていた人間が何人も職を辞している」

「昭和天皇誤導事件って何？　教えて」

「俺もこの事件を詳しく調べたことはない。それははじめに断っておく」

そう口にした隼人は、少し緊張して見えた。

「昭和九年、昭和天皇は群馬県を訪問した。即位してから初の来県は当時の県民の悲願だった。日程は十一月十五日から三日間で一日目は前橋、二日目が桐生、最終日は高崎。事件が起こったのは二日目のことだ」

「事件って？」

「桐生行幸の最中、天皇の一行が桐生の街の中で忽然と姿を消した」

「消した……？」

「もちろんすぐに見つかったが、今の俺たちが考えるよりも天皇の権威がずっと重い時代のことだ。県知事は辞任して、牽引役を失った義貞公会の活動も有耶無耶になったってことだろうな」

「それだけじゃないよね？」

彰子は隼人の横顔を見つめた。

「まだ、わたしに何か隠してるでしょう？」

「他に何があるんだよ」

「隼人くんねえ、左手で髪にさわる癖がある」

「それが何だよ」

「へえー、自覚あるんだね」

「自分のことだ。わかってて悪いか？」

「でね、嘘吐《つ》いたり焦ったり、何か都合が悪いと左手がちょっと震える。そんな時はさわった髪をちょっと引っ張るの。無意識で嘘を誤魔化そうとして」

「そんなわけあるかよ」

隼人は否定したが、彰子の掴んだ左手は小刻みに震えている。それを自分でも自覚したらしく、「う……」と言葉に詰まった。

「中二、中三の二年間で五回も席が隣だったからね。女子の席は男子の左隣でしょう？」

「身内にも言われたことないのによく気づいたもんだな」

「わかるよ」

いつだって彰子には時間がなかった。父が転勤族なので、二、三年でその土地を離れることは小学生の頃から理解していた。限られた時間の中で見る景色は、同級生たちとは「深さ」が違っていた。

(気になるものは、特に)

隼人は観念したように嘆息した。

「この間、おまえの死んだ祖父さんの話を聞いたよな。戦前に群馬県警に勤めていたって」

「お祖父ちゃん？」

予想していなかった話の展開になり、彰子はちょっと驚いた。

「群馬に戻った後、県警の調査室で調べたら確かに記録に残っていた。雨野貴幸警部、昭和九年九月に警察特別警備隊から群馬県警前橋署に出向している」

それは彰子も初めて聞く祖父の詳しい経歴だった。お盆に福岡から戻ってきた父に祖父のことを聞いたが、「死んだ親父が警察官だったことは知っているが、私が生まれた頃にはもう退職していたので詳しくは知らない」と素っ気ない返事をされた。

父はそう言ってから「そういえば、中学の頃に言われたことがあるな。おまえは警察官にだけはなるなよ」と思い出したようにつけ加えた。

その祖父の足跡を聞くことができる。彰子は自然と身体に力が入るのを感じた。

「お祖父ちゃんは群馬でどんな仕事をしていたの？」

「警備課に配属されていた。そして、昭和九年十二月に群馬を去っている」

「九月に配属で十二月って随分短い期間しか……あ」

わずか四ヶ月……その期間中に何があったのか彰子は気づいた。

「それって事件の翌月に……」

「警備課の警部だ。行幸で何らかの役に就いていた可能性がある」

「その後、お祖父ちゃんはどうしたの？」

「特別警備隊には戻らずに青森県警に転属になった。昭和十六年に神奈川県警に配属になったところまでは確認できたが、神奈川側の文書が昭和二十年の横浜大空襲で焼失していて、以後は不明だ。けど、雨野の話と照らし合わせると戦時中か、戦後間もない時期に退官したことは間違いなさそうだ」

「……」

「雨野、これは本来新田義貞像についての調査だ。別の角度から充分アプローチ可能だ」

「ううん。調べてみようよ」

隼人が気遣ってくれているのはわかっていた。だけど、彰子は首を横に振った。

「新田義貞像、義貞公会、昭和天皇誤導事件……この三つは絶対に関わりあるはずだよ」

「いいのかよ。さっきの小学校の教頭の反応見ただろう？」

彼はまだ重い口調をしていた。

「ある一定年齢以上の人間にとってこの事件は今でもタブーだ。おまえの祖父さんと関わりがあれば、知りたくない話に出くわす可能性が高い」

「隼人くんはこれ以上調べるのが怖いの？」

「馬鹿言うな。俺はただ……」

「わたしは知りたい。わたしのお祖父ちゃんが八十年以上も前にこの群馬で何をしていたのか。それがわたしの家の義貞像とどんな関係があるのか」

「雨野……」

「ここで引いたらわたしが後悔する」

「わかった。この事件について調査しよう」

「うん、それでよろしい」

「で、そのためにはだな、そろそろ車に戻りたいんで……手を離してくれないか」

「え……あ……」

彰子はその時になって、隼人の左手を両手で握っていることに気づいた。力を籠めていたので、手はすっかり汗ばんでいた。

「あ、ゴ、ゴメン……」

「おまえすごい汗だな。俺の手まで汗で滑る」

「だからゴメンて。せ、せ、制汗剤なら持ってるけど、つ、使う？」

慌ててバッグからピンク色のスプレー缶を取り出したが、汗で手が滑った。缶を落とした上に、バッグの中のものを足元にばら撒いてしまった。

「何パニクッてんだよ。中学生でもあるまいし」

「う、うるさいなぁ。大体さぁ、もともと隼人くんが悪いんだよ」

逆ギレの上に責任転嫁だが、こうでも言わないとあまりにも彰子は自分が恥ずかしかった。散らばったファイルやポーチを拾ったが、「ある物」まで一緒に落としていた。それを急いで拾ってバッグに戻したが、隼人は眉をひそめた。

「おまえそれ持ってきたのか？」

「うん……持っていた方がいいと思って」

隼人は何か言いたそうな顔をしていたが、「行くか」と室内へと続く扉に手をかけた。

# 七

群馬県立図書館は戦後間もない昭和二十六年（一九五一）、戦火に傷ついた町や村を廻った自動車による「移動図書館」として出発した。

その後、昭和五十三年（一九七八）に白亜の外観の現在の図書館が開館した。まだ製糸業の残滓で潤っていた群馬県が巨費を投じて、当時は全国でもトップクラスの敷地面積、蔵書数を誇ったそうだ。

それから約四十年——長引く景気の低迷は文化施設を直撃し、図書館の施設も老朽化が目立つ。二階の「郷土資料室」も照明は落とし気味で、エアコンの温度も高めに設定されているのか少し蒸し暑さを感じた。これでは本が傷む……なんてことはないだろうが。

でも、隼人が言うには「ここには戦災をくぐり抜けて集められた様々な古文献が収集されている」とのことだ。

隼人は仕事で県立図書館には何度も足を運んでいるらしく、カウンターの司書とは顔見知りらしい。書庫から昭和九年前後の史料、そして当時の新聞記事を運んでもらうと、資料室の大机を借り切ってそれを広げた。

「スムーズに調べものできるのは、とっても良かったたってわたしも思うんだけど……」

隼人の隣で彰子も資料に目を通したが、まず旧字体にぶつかった。渡されたファイルにも古い文献はあったものの、事前に隼人が読み下ししていたのですぐに読めたが、これはそう簡単にいかない。

せめて新聞の方が読みやすいかなとも思ったが、こっちも旧字体で書かれている。一行読んでは、「ねえ、これ何て読むの？」と隼人に聞く状態が一時間以上続き、彰子は遂に机に突っ伏した。

「雨野さぁ、さっき俺につけた威勢はどこ行ったんだよ」

作業の手を止めた隼人が意地悪く笑うので、彰子は口を尖らせた。

「よ、読めないものはしょうがないよ」

「中学の頃は雨野は帰国子女だから漢字が苦手……とか言われたら、ムキになってたのにな」

「ム、ムキになんてなってなかったけどさぁ」

あの頃はそう言われることが悔しくて、彰子は一生懸命に漢字を覚えた。でも、これは一朝一夕で読めそうなものではない。彰子は開いていた古い本を閉じた。

「中学の時はわたしの方が成績良かったのになぁ。受験の時は英語や数学教えてあげたのに、やっぱり歴史系だけは隼人くんに勝てないや」

「だけって何だよ、だけって」

「そうだ。わたしちょっとドリンクでも買ってくるね」

彰子はそそくさと席を立った。このままここで資料に埋もれていたら、過呼吸でも起こしそうだった。

「隼人くんの分も買ってくるね。何かリクエストある？」

「なら、隣がスーパーだぞ。ああ、行くんならカレー弁当でも買ってきてくれ」

「……この状態でご飯食べる気？」

「さっき群馬会館で食い損ねたからな」

彼はずっと資料を読み続けているが、なにやら楽しそうなのが理解に苦しむ。彰子は溜息をついてひとりで郷土資料室を出た。

## 八

図書館の表玄関前は放射状の階段になっていた。

それを下りて表の道に出た途端に、心地良い風が彰子の髪を揺らした。

(鎌倉の海風とは全然違うけどやっぱり気持ちいい。緑の匂いがする)

図書館の前の通りは群馬県民会館、前橋商工会議所会館などの公共施設が並んでいる。通りは駅前と同じケヤキ並木で、見上げると枝葉の隙間からは夏の日差しが、木漏れ日となってキラキラと零れ落ちていた。

ケヤキの木々を見上げながら、彰子は図書館すぐ隣のスーパーまで歩いた。

話でしか聞いたことがないのだが、ここには以前はレンガ造りの立派な倉庫が建っていた。製糸業で栄えた前橋には、繭の保管と乾燥を目的としたレンガ倉庫が各所にあった。横浜の赤レンガ倉庫群に匹敵する数があったが、それは製糸業の衰退と共に徐々に取り壊されているという。スーパーになった敷地の端っこには、在りし日の倉庫を再現して作られた小さな模型があるだけだった。

スーパーに入ると寒いくらいに冷房が効いていた。お昼の時間を大分過ぎていたので、お弁当コーナーにはカレー弁当も、他に目ぼしい弁当もなかった。

（困ったなぁ。さて、どうしよう）

彰子が店内を歩くと、売り場の端の方に群馬名物「焼きまんじゅう」の出店があった。おまんじゅうに味噌タレをつけて焼く群馬名物で彰子は好きだったが、他の家族には「中がスカスカしてる」と、あまり好評を得られなかった。

（懐かしい）

彰子はそれを二本と、ペットボトルのお茶を買ってスーパーから出た。

この辺りは中学の頃はよく友達と遊びに来た。もう少しぶらぶらしたかったが、あまり隼人を待たせるのも悪いので彰子は図書館に戻ることにした。

図書館の階段前まで来ると、道の正面から誰かこっちに歩いてきた。最初は図書館の利用者かなと思ったが、服装は看護師が着る半袖のナース服だ。そう言えば、少し離れたところに小さな病院があった。そこの看護師が、スーパーにお昼ご飯でも買いに来たのだろうか。

彰子は何か気になって階段前で立ち止まった。歩いてきた看護師も足を止めた。

（……え？）

心臓がドクンと鼓動を打つのがわかった。

相手は彰子よりも頭半分以上背が高い。セミロングの茶髪がふわっと肩にかかった。ずっとショートだった髪を部活引退で伸ばして、だから最後に会った時もこのくらいの長さで——それはより強く中学時代の面影を感じさせた。

「志帆？」

彰子の正面に立ったまま、彼女は小さな声で「久しぶりだね」と言った。その声を聞いたのも、中学の卒業式の日以来だった。

篠塚志帆は彰子と前橋T中学で三年間クラスメイトだった。あの遠足の時に「一緒にお弁当食べよう」と、彰子を誘ってくれたのが志帆だった。それがきっかけで友達になった。

まだ中一の頃——日本の学校にも生活にも慣れていない彰子と、学校ではいつも側にいてくれたし、休日には買い物も遊ぶのも一緒だった。二年生に進級するクラス替えでは、また同じクラスになれて本当に嬉しかったのを覚えている。二、三年はクラス替えがないので、これで三年間ずっと一緒にいられると。

志帆は当時から背が高く、バレー部のエースとして活躍していて男女問わずに友達が多かった。彰子と友達になった子たちも、元々はみんな志帆の友達だった。志帆がいてくれなかったら、彰子の中学生活も、この町への印象も違ったものになっていたかもしれない。

彰子は「あ、うん……」と言っただけで口籠った。本当は志帆と話したいことはたくさんあった。でも、声が上手く出てこない。しゃべろうと必死に言葉を探した。

「じ、地元にいるんだね」

「それはあたしが言うことだと思うんだけど」

中学の頃から目力が強かった。志帆のその目を向けられると、「そうだよね……」としか言えずに下を向いた。本来、この場所にいるのがおかしいのは確かに彰子の方だ。

重い沈黙が流れる。でも、彰子はどうしても志帆とちゃんとしゃべりたかった。強引に話題を見つけようとした。

「か、看護師さんになったんだね。その服、よく似合ってるよ」

「別になりたくてなったわけじゃないけど。手っ取り早く手に職をつけたかっただけ」

その言葉には明らかに棘があった。

「高校出て准看護師の学校行って、すぐに病院に勤めた。そこで三年間働きながら、正看護師目指したけど去年の国家試験は不合格。決まっていた大病院への就職の話もチャラになった。今はこの近くの病院で准看のまま働いている」

「あ……わたしもね、今年の教員採用試験を受験したけど不合格になって……」

「あんたは大学院に通ってるんでしょう？　来年も学生やりながら受ければいいだけじゃない」

「……誰から聞いたの？」

彰子は驚いた。鎌倉での近況を伝えている中学の友達はひとりもいないが、志帆は「さあ」とだけ応えた。

「あのさ、雨野さん」

志帆は彰子のことを苗字で呼んだ。中学の時は「彰子」と呼んでくれていたので、彰子も「志帆」と呼んでいた。転校生の彰子は女子の友達にも基本的には「ちゃん」をつける。それは彰子の相手との「距離の取り方」だったが、お互い名前を呼び捨てにし合ったのは、後にも先にも志帆だけだった。

今名前を呼んでくれない理由はわかっていた。でも、その呼ばれ方は胸に刺さった。

「なんでいるの？」

「え……？」

「さっきも言ったけど、なんであんたが今更ここにいるのかって聞いてるの」

「それは、あのね……」

自分がどうしてこの町に戻ってきたのか、彰子は志帆に説明しようとした。口止めされているわけでもないので、隼人の取材を手伝っていると話しても何の問題もないはずだ。

でも、志帆の氷のような冷たい目に見据えられると口を開くことができなくなり、また下を向いて黙った。

溜息が聞こえた。顔を上げると、彼女はもう彰子に背を向けていた。

「早く戻りな」

冷たい声だけが彰子に浴びせられた。

「前にも言ったはず。ここにはあんたの居場所なんてない。帰ってきたら許さないから」

「志帆はやっぱりまだ怒ってるの？　まだ、わたしのこと許せないくらい怒ってるの」

彰子は懸命に声を絞り出した。

一瞬だけ、足が止まったような気がした。でも、志帆は振り返ることはせずに歩き去った。

彰子にはあの日と同じようにその背中を見送ることしかできなかった。

(悪いのはわたしだ。大切な親友を……志帆を傷つけたのはわたしだ)

ケヤキ並木の景色が涙で滲んでぼやける。蝉の鳴く声も、彰子には自分を責めるように聞こえた。

## 九

二階の郷土資料室に戻ると、相変わらず隼人が資料の山に埋もれていた。

「ただいま〜」

彰子は思い切り右手を上げた。

「お帰り……って、隣のスーパー行くだけでいつまでかかるんだよ」

「あ、ゴメンね。なんか懐かしいもんだから、ちょっとその辺りを散歩してきちゃった」

「何なら車で一回り走ってやるぞ？」

「うん、ありがとう。あとでちょっとお願いしようかな」

泣いた跡をメイクで隠していたとは言えない……。鼻声になっているのがわからないように、テンションを上げて戻ってみたが、隼人は資料に没頭していて彰子の様子を気にしてはいないらしい。

（隼人くんと志帆は小学校も一緒だから）

でも、彼は卒業式の日に彰子と志帆の間にあったことは知らないはずだ。

「それよりもさ、何かわかったの？」

それに今は調査の方が先だった。彰子がイスに座ると隼人はスーパーの袋から緑茶のペットボトルを取り出して、キャップを捻った。

「事件のあらましについては大体わかった」

「ホント？」

「とは言っても、事件が事件なだけに研究論文が豊富なわけでもない。当時の新聞を読んで、後は推測で頭を働かせるしかないんだが……雨野、まずこれだけど」

ルーズリーフを二枚差し出されたので彰子は受け取った。横書きで一番上に表題があったが、見慣れない漢字があった。振り仮名を振ってくれてあったが、そうでなければ誤導の前の二文字は読めていなかった。

「昭和天皇鹵簿《ろぼ》誤導事件について……ろぼって？」

「この事件は当時、鹵簿誤導事件として広く報道された。鹵簿は天皇の行列の先頭に立てる武具装飾のことで、転じて行列全体を指す」

隼人が一枚目を見るように促す。そこにはかなり細かく事件の内容がまとめられていた。

「最初の方はこれまでわかっていたことと同じだ。昭和天皇の群馬行幸はまず前橋から始まった」

「うん。昭和九年十一月十五日、天皇は前橋中学校から県立養蚕試験場、それから群馬師範学校の順で行幸しているんだね」

「その後は畜産試験所から天皇自身の強い希望で、臨時で赤城山登山が日程に加えられた」

「結構臨機応変に日程って変更になるんだ。ちょっと意外」

「俺もそう思った。とにかく、山に登られた天皇は関東平野を流れる利根川、霧に霞む榛名山や遠く県境の山々を見渡し、赤城大沼まで足を延ばした。初日の行幸は大成功の内に終わった……と当時の新聞にある」

隼人は手元に積んであった、新聞記事のコピーの山を示した。彰子が留守をしている間に、コピー紙の数は倍以上になっていた。

「そして、問題の二日目だ」

「桐生行幸……」

「二枚目を見ろよ」

言われた通りに彰子がルーズリーフの二枚目を見ると、彼は続けた。

「この十六日、天皇は両毛線で桐生駅に九時四十一分に到着。日程は駅から桐生N小学校、そして桐生高等工業学校になる予定だった」

「予定って？」

「当時の地図だ。線は俺が引いた」

地図のコピーが彰子の前に広げられた。右上枠外に「桐生　昭和九年」とあるので、事件の年の桐生の地図だった。

桐生駅のすぐ北側には両毛線に沿って、「末広《すえひろ》町通り」という通りがあった。黒いラインは桐生駅からその末広町通りをまず通り、途中で左に折れて桐生N小学校を、そしてそこから桐生の町の北側にある、桐生高等工業学校をつないでいた。

隼人は赤いペンを取り出した。

「桐生駅を出発して末広町通りを進んだ天皇一行は、この交差点を左折して桐生N小学校に向かうはずだった。ところが……ここを直進してしまった」

隼人は「末広町交差点」から、桐生高等工業学校まで道なりに赤い線を引いた。

「この辺りは今でも道が細く、他にN小学校へ迂回する道もない。当時、自動車で鹵簿を組む場合は十五台の大車列になる。やむなく行幸の責任者は桐生高等工業学校と、N小学校の視察の順番を入れ替えた。この事件が『誤導事件』と呼ばれるのはこのためだ」

「でも、咄嗟の判断でピンチを凌いだんでしょう？」

「今ならそう言われるかもしれないが、そうならないのが当時の風潮だった」

「どういうこと？」

「この一件で群馬県は天皇陛下に何たる不敬を働いたのかと、中央政界からクレームがついた。この時、先導車に乗っていて天皇の御召車の先を走っていたのは、群馬県警前橋署の本多重平《ほんだじゆうへい》、見城甲五郎《けんじよう》両警部だった。この両名は即日謹慎処分になったが……」

一呼吸置いた隼人は、手の中の赤ペンを強く握った。

「事件から二日後の十一月十八日、帰京する天皇が前橋駅から出発する御召《おめし》列車の汽笛を合図に、本多警部は前橋市内の自宅にて日本刀で自決を図った」

「ジケツって？」

「失態の責任を取り死をもって償おうとした」

「そんな！　何もそこまでしなくてもいいじゃない！」

彰子は思わずイスから立ち上がった。周りにいた図書館の利用者たちが奇異な目を向ける。カウンターの職員もこっちの様子を伺っているので、彰子は慌てて座った。

「落ち着けって。まず、図書館は大声厳禁だ」

「ご、ごめんなさい」

彰子が謝ると、隼人は新聞のコピーをめくった。

「俺は事件が発生した、十一月十六日からの新聞記事を全部読んでみた。当日夕刊の第一報は、本多警部たちにむしろ同情的だ。それが、翌日から関係者の責任を問う声が一気に強まった。『空気』って言葉を使うのは曖昧かもしれないが、誰かが『腹を切らなければならない』って『空気』は強く感じた」

「怖い時代だね」

「いつ何がきっかけで今だってそうなるとも限らないさ。十年後、俺たちの時代もそうなっているかもな。事件の話に戻すぞ」

「うん……」

「本多警部だが一命は取り留めた。その日、家人が御召列車の見送りに行っている隙に自決を図ったが、密かに家の中に隠れていた高等女学校に通っていた長女がいち早く異変に気づいた。素手で日本刀の刀身を掴んでいたので手がすべり、急所を僅かに外れたことも幸いした。この本多警部には裏話がある」

「裏話って?」

「本多警部の勤務先は前橋署で、前日の前橋行幸でも先導役を務めていた。ところが、夜になって桐生行幸の先導役を務める予定の警察官が、突然体調不良になった。それで急遽、代役を務めたという話だ」

「そんなことってあるのかな？　だって天皇の先導役でしょう」

　彰子は首を捻ったが、さっき赤城山登山の日程が急に組み込まれた話もあった。まったく無い話でもないのかもしれないと思い直した。

「この話は昭和六十年になって、さっきの長女が新聞の取材に応えて世に出したものだ。当時の新聞にはここまではっきりとは書かれていないが、先導車に所轄の桐生署の人間が乗っていないことが問題視されている。代役というのも確かにあり得る」

「代役だから道を間違えた……？」

「他にも過度の緊張が原因、天皇を一目見ようと詰めかけた群衆の空気に幻惑された、警備員の配置ミスが車の進路を間違わせた、本田警部個人を陥れる陰謀……当時から諸説ある」

「ねえ、それで本多警部やその他の人はどうなったの？」

「一命を取り留めた本多警部はエリートコースの警察官だったが、この事件で警察内での出世の道は絶たれた。ただ、自決行為後の世論は同情的で国立療養所の事務長などを務めたらしい。この事件では金澤知事の引責辞任の他に、九人が処分を受けた」

「処分……あのさ、隼人くん」

「わかっている。おまえの祖父さんのこともちゃんと調べた」

　彰子の不安を察してか、隼人は声を和らげて続けた。

「処罰された九人の中に雨野の祖父……雨野貴幸の名前はなかった。調べた限り桐生行幸関係者の中にも入っていない。まあ、普通に考えれば前橋警察署に勤務していたんだ。警備を担当したのは初日の前橋行幸の方だろう。本多警部のケースは異例中の異例だ。それに……」

隼人はまた新聞のコピーをめくった。

「こう言っちゃ何だが、階級こそ警部だが年齢もまだ二十代だ。特別警備隊からの出向なわけだし、責任を負う立場にいたとも考えられない」

「お祖父ちゃんは無関係ってことでいいのかな？　でも、直後に移動になっているんだよね」

「特別警備隊は警察の花形だからな。事件が影響して戻れず、地方に転属になったのかもしれない」

「……」

説明を聞いても、言葉には上手くできない「違和感」のようなものを彰子は感じた。隼人もそれは同じなのか、「調べるにしても八十年以上も昔だ。限度がある」と言った。

「ちょっと休んでいいか。俺も疲れた」

隼人はそう言うと、スーパーの袋を覗いて「お、焼きまんじゅうだ、久々」とそれを手に取り、「四階の休憩室行こうぜ」と立ち上がった。

彰子はまだ立ち上がらなかった。気になることがあった。

「ねえ、本多警部って戦後はどうしたの？」

「国立療養所の事務長を退職した後は、故郷に帰って農業に従事したらしい。自決の後遺症で身体はかなり不自由になったようだが、子孫は今でも健在のはずだ」

「子孫はいるんだね」

「群馬の北の方だ。ここからなら二時間もあれば行けるが、取材を申し込んでみるか？」

少しだけ考えて彰子は「止めておこうよ」と首を横に振った。きっと遺族にとっては触れられたくない過去のはずだ。

「もうひとりの……先導車に乗っていた見城警部の方は？」

「そっちは戦後、前橋市内でひっそり暮らしていたらしい。それ以外はよくわからない」

昭和天皇誤導事件に関わった両警部はその後、世間から隠れるようにして暮らし、そして世を去っていた。彰子はまだこのふたりのことが気になったが、隼人は「ひとつ言い忘れていたが」と口を開いた。

「このふたりは死ぬまで世間には恨み言ひとつ言わなかった。そして、俺の調べた限り義貞公会ともまったく接点はない」

「うん……」

彰子はそれに頷いてやっと席を立とうとした。

その時、山のように積み上がった資料、コピー用紙の山が崩れた。その内の何枚かが机の下に落ちてしまった。彰子はそれを拾って、その中の一枚に写真があることに気づいた。

「ねえ、この写真って……？」

「ああ、桐生行幸出発直前の写真だな。どっかの資料に紛れていたか。その写真は新聞にも載っていたような……」

隼人は新聞コピーの山から、桐生行幸翌日の紙面を引き抜いた。これだけごちゃごちゃしていて、よくどこに何があるのかわかるものだと彰子は感心したが、そこにも写真が掲載されていた。

それは、どちらも桐生駅前を写したものだった。中央には天皇の御召車、そして周りには警備のための車両と、それに乗る警察官、皇室関係者と思しき人たちの姿が写っていた。

彰子はあることに気づいた。

「ねえ、ここに写っている横に車のついたオートバイ……」

「横に車？　ああ、サイドカーのことか」

隼人は写真を手にした。

「これは先乗《さきのり》だな」

「先乗って？」

「行幸は出発の五分前に警察官の乗ったサイドカーが、これから天皇の御召車が来ると告げて走る。それから本多警部たちが乗っていた先導車、そして御召車の順だ」

「ねえ、この写真と新聞に掲載されている写真、同じように見えて違うと思わない？」

彰子は写真のサイドカーの運転手を指さした。隼人も目を凝らして、「あ……」と小さく声を出した。

「違うな。新聞の方は普通の警察官が乗っているが、こっちの写真の警察官は装備が違うし、サイドカーの同乗者もいない。写真の方はバイクが走り出す寸前に見えるな。これは……」

「これって特別警備隊じゃない？」

「ああ……そうか、足にゲートルを巻くのは特別警備隊だ。でもそれだと変だ。先乗は通常、地元警察の警察官が務めるはずなんだが」

「お祖父ちゃん……」

彰子は呟いた。

「ねえ、特別警備隊ならこの写真でサイドカーを運転しているのって、お祖父ちゃん……雨野貴幸じゃない？」

「ちょ、ちょっと待て、雨野」

「だってお祖父ちゃんって若い頃からオートバイに乗っていたらしいし……。もしも、お祖父ちゃんが先乗のサイドカーを運転していたら、道順を間違えたのはお祖父ちゃんってことにならない？　そうなら自決しようとした本多警部や、更迭された人たちもみんなお祖父ちゃんのせいで……」

「落ち着け！　冷静になれ！」

隼人が彰子の両肩を掴んだ。

「これが雨野貴幸だと決まったわけじゃない。バイクに乗る警察官なんて山ほどいるし、そもそもこの写真は古くて識別できない上に、帽子で顔もはっきり映っていない」

「でも……」

「それに行幸の期間中に限定すれば、特別警備隊から百人以上は群馬に応援に入った。これがおまえの祖父さんだとする確立も、百分の一だ」

隼人は昭和九年十一月十七日と日付の入った新聞を彰子に見せた。そこには「応援の警官隊」と題された記事が載っていた。翌日の天皇離県とともに警官隊も東京へ戻るとした内容だった。

それでも、彰子にはどうしてもこの写真の若い警察官が祖父だと思えてならなかった。それは隼人に言えば怒られるか、呆れられるかする程度の根拠だ。でも、もう一度セピア色の写真を見つめた。

家の蔵ではじめて祖父と思しき古い写真を見た時と、そして今この写真を見た時——彰子は同じ高揚感を感じた。

（この写真はお祖父ちゃん……雨野貴幸だ）

写真の若い警察官は前を見つめて、サイドカーを走らせようとしていた。それは亡くなる前に祖母・雨野澄子が彰子に語った、「真っ直ぐに前だけを見つめて、何があっても自分の使命を果たす」という祖父——雨野貴幸の姿そのものに思えてならなかった。

# 第四章　十字路

# 一

翌日の朝は少し肌寒さを感じた。

前橋の北部の敷島《しきしま》公園は利根川の東岸に広がる、二千七百本の松林の中にあった。大正十一年（一九二二）に整備されたこの公園には、市民の水瓶とも言われる敷島浄水場がある。昭和四年（一九二九）に建設された浄水場配水塔……通称「水道タンク」を彰子は見上げていた。

急に携帯が鳴った。

「何処行った！」とのメールに、彰子は「水道タンクの下にいるよ」と返信した。

メールに返信して、待ち受け画面の表示が目に入った。八月十七日――今日は蔵で見つけた、あの手紙の日付の日だった。

昨日、県立図書館を出たところで彰子は気分が悪くなった。「暑さのせいだよ」と言ったが、隼人は事前に予約しておいてくれた敷島公園ホテルに連絡すると、チェックインの時間を早めて彰子を連れていった。公園の中に立つ敷島公園ホテルは開園と同時に建てられた、県庁昭和庁舎や群馬会館と同じ、赤レンガの洋風建築だった。

夜になっても夕食を食べる気がしなかったので、彰子はホテル一階で売っているソフトクリームだけ食べた。その後で、隼人と公園のボート池の周りを散歩した。

ホテルの部屋に戻ると、「明日の朝、迎えに来る」と言って隼人は帰っていった。

それに普通に「うん」と応えて見送った時は、まだ何も考えていなかった。テレビで明日の天気を確認してからお風呂に入った。

その時になって急に恥ずかしくなって、彰子は身体を口元までお湯に沈めた。

(変わってないいんだなぁ、隼人くんもわたしも)

それは、日頃の大学での生活では感じないことだった。鎌倉に引っ越して八年半の月日で、彰子も相応に年を重ねた……はずだ。それがあの日、稲村ヶ崎で隼人と再会して以来、十五歳の自分が時々、顔を覗かせる——

(そんな映画みたいな)

でも、中学校の制服を着た自分がずっと周りをうろうろしている感覚だった。

(隼人くんと距離を縮めたい……それがわたしにはできない)

思春期そのもののもどかしくて、歯がゆい感情があった。本当に今が思春期なら自分ではわからないだろうけれど、二十三歳の彰子にはそれが客観的に見えてしまう。

(隼人くんの方もきっと同じだ……そうでなきゃわたしひとりバカみたい)

(それは志帆も……なら、わたしを許してはくれない)

彰子はスケッチブックを開いた。荷物にはなったが、画材セットなども一通り持ってきていた。

水道タンクと周りの風景を描写したが、ちょっと寂しいな……そう考えて彰子は「あるもの」を描き足した。

鉛筆を走らせていると、浄水場の駐車場に深赤色のツーリングワゴンが走り込む。車から降りてこっちに走ってきた隼人の姿を見て、彰子はスケッチブックを閉じた。

「おはよう、隼人くん。ねえ、今確実にスピード違反だったよね？」

「雨野おまえなぁ、ホテルにいろって昨日あれほど言っただろうが」

目の前に立った彼は荒い息をしていた。

「ホテルに行ったら、もうチェックアウトしたと聞いて本気で焦った」

「ごめんね。なんか久しぶりに水道タンク見たくなって」

「水道タンク？」

隼人は緑色の配水塔を見上げた。

「おまえ、これ好きだったんだっけ？」

「タンクっていうか、ここってニホンタンポポの群生地だったじゃない。今は季節じゃないけど今度は春に来たいなぁ」

今は短い草が茂っているだけだが、水道タンクの周りは四月末頃にはタンポポが一面に咲き、黄色い絨毯のようになった。それも外来種に押され気味で今では珍しい、ニホンタンポポが一面に咲いた。

「でも、水道タンクって上に登って見たいなって、ちょっと思ってたんだよね」

高さ三十七メートルの水道タンクには上部に登る階段がついていたが、それは点検作業用のものだ。タンク自体が古いこともあり、一般人が上に登ることは禁止されていた。

「登って見るか？」

隼人がさらっと言ったので、彰子は思わず「え？」と聞き返した。

「いや、小学生の時に友達何人かと登ろうとしたんだよ。ところが、半分くらいまで行ったところで浄水場の職員に見つかって急いで逃げた。四方に自転車で逃げて何とか撒いた」

「……何年生の時の話？」

彰子が訊ねると「五年」との彼の返事。

「無事に逃げ果せた……と思ったら、学校に連絡が行って頭の固い担任からこっ酷く怒られた」

「それ先生怒ると思うよ、普通」

「だから、後悔してんだよ。どうせ怒られるなら上まで登るんだった。よし、この時間なら他に人もいないし……」

「や、止めなよ。冗談だよ」

本気で登りそうな様子に、彰子は焦って隼人を止めた。

「何だよ、おまえは最後にはいつも真面目ぶる」

「わたしでなくても止めるよ」

「そういや、あの時は篠塚の奴に止められたな」

「志帆……」

「篠塚がどうかしたのか？」

「ううん、何でもないよ」

彰子は微笑を作って彼に向けた。中学の頃よりも作り笑いは上手くなっている自信はあった。

隼人は「なら、次の機会にするか」と言うと、改めて彰子を向き直った。

「ところで、今日はどうする？」

「どうするって？」

「おまえ、こっちにいられるのは今日までの予定だろ？　伊香保《いかほ》温泉でも行くか。昼頃からまた暑くなるらしいが、山の方はちっとは涼しいだろうし」

「待ってよ。今日の取材は桐生と太田に行くって昨日言ったじゃない」

「体調悪いんだろ、無理するな。別にこれは急ぐ仕事じゃない」

「もうわたしは全然平気、元気一杯だから。さあ、早く行こうよ！」

彰子は笑って歩き出したが、隼人は動かない。

「どうしたの？　ねえ、早く……」

「昔さぁ……中学の卒業式の日のこと覚えてるか？」

急にそう言われたので、彰子は足を止めた。

「うん。卒業証書を入れる筒を取り替えてくれたんだよね。ありがとう。あれずっと大事に持ってるよ」

「そのあとだ」

「あとって……？」

「どうしても雨野と最後にもう一度話がしたくて、俺は正門のところで待っていた。そうしたら、おまえが泣きながら出てきた。声をかけようと思ったけど、俺に勇気がなくてできなかった」

「え……」

彰子は身体が強張るのを感じた。あの日のことは一度も忘れたことはなかった。泣きながら逃げるように学校を出た。周りのことなんて気にする余裕がなかったから、それを隼人に見られていたなんて思いもしなかった。

「八年半も経って、今更何で泣いていたかは聞かない。だけど、俺はまた泣くおまえを見送るのは嫌だ」

「ありがとう、隼人くん」

彰子は彼の視線を正面から受け止めた。

「いつだってわたしに優しいよね」

「別に優しさから言ってるんじゃない。俺が面倒くさいだけだ」

「そうだな、とは隼人くんは言わないよね。格好つけたがるから」

初めて会った時から、その不器用な優しさは彰子を救ってくれた。斜に構えて飄々と物事を受け流し、異性に意思を伝える性格ではない。でも、そんな彼だからこそはっきり意見を言おうと決めた。

「昨日も言った通りこれはもうわたしの問題なの。わたしはひとりでも桐生に行く」

「……勝手にしろ」

隼人は舌打ち混じりにそう言い、彰子の横を通り過ぎて車の方へ歩いていった。彰子は「うん、そうする」と応えて、ちょっと彼をからかってみたくなった。小走りにすぐ後ろを追いかけた。

「わたしさぁ、やっぱり転校したくなかったな。こっちで進学したかった。ねえ、その時はわたしたち同じ高校行ったかなぁ」

「おまえの成績なら、県内NO1の県立M女子高校に軽く合格したろ。どうやって、俺が女子校通うんだよ」

「夢ないなぁ」

背中を指で突っついたが隼人は足を止めない。

「じゃあ高校は別として、休みの日に遊んだり、夏休みの花火大会見たり、お正月の初市一緒に行ったりとか」

「絶対ない」

「なんでよ」

いきなり隼人が足を止めて振り返ったので、彰子はそのまま彼の胸にぶつかった。

「今、せっかく誘ったのにおまえが断ったろう？　俺は地味にショックを受けている」

「え……だって、今は他にやることがあるし。だから、その……」

さっきのを「お誘い」と受け取っていなかったので、しどろもどろになりながら何とか説明しようとすると、隼人はジャケットのポケットから何かを取り出す。その手が彰子の右前髪に触れた。

「おまえにやる。本当は賞状の筒なんかじゃなくて、これをやるつもりでいた」

「え……？」

「ガキっぽいとか言うなよな。八年半前に渡すはずだったんだから」

髪に手をやると硬いものに触れた。外してみると、それはタンポポをあしらった黄色いヘアピンだった。女子高生が好きそうで大学院生の彰子がつけたら、確かにちょっと子供っぽいかもしれない。

「ありがとう。嬉しい」

手の中のヘアピンを見つめて、彰子はお礼を言った。

「ねえ、これ見て」

口で「じゃん！」と効果音をつけて、スケッチブックを広げて見せた。彰子がさっき描いた水道タンクとその周りに咲き誇る、一面のタンポポのスケッチを。

でも、隼人は素っ気なく「季節外れだろ」と言うと車の方へ行ってしまった。きっと中学生だった彼はこれを買う時、かなり恥ずかしかっただろう。彰子もその時にもらっていたら、間違いなく真っ赤になっていた。

八年半越しの卒業祝い――彰子はそれを両手で包み込んだ。

二

敷島浄水場から出発すると雲が切れ、太陽が顔を覗かせ始めた。

前橋から桐生に車で行くにはいくつかルートはあるが、隼人は赤城山麓の道を選んだ。国道三五三号は別名で、「赤城南面道路」と呼ばれているが、四季の移ろいが豊かな道で、この日は朝方の雨に濡れた緑が美しく映えていた。

昨日ほど暑くはならないと天気予報は言っていたので、彰子は赤×白×ネイビーのチェックブラウスに黒のスキニーパンツを合わせた。朝は少し寒かったのでロングカーディガンも持ってきたが、今はブランケット代わりに膝にかけた。

車は昭和九年の前橋行幸で昭和天皇も立ち寄ったという、赤城の畜産試験所の前を通ると桐生へと向かった。朝の雨で濡れた路面が気になるのか、隼人は黙ったままハンドルを握っていた。彰子は浄水場以来、なんとなくしゃべることもなく助手席に座り、時折彼の横顔を見ていた。

(そういえばわたし、お父さん以外の男の人の助手席ってもしかしてはじめてだった?)

昨日一日、この車に乗っていて今更の感想だと自分でも思ったが、前橋の街の中を走るのと、緑の赤城南面を走るのとでは少し趣が違った。

(これはドライブだよね……周りからはそう見えてるよね)

(ここは女子らしくお弁当でも作ってきた方が良かったかな。ホテルだから無理だけど)

(こんなに距離近いんじゃ心臓の音とか聞かれちゃう)

(……て、高校生じゃあるまいし)

頭の中をなにかいろいろ浮かんではぐるぐると回る。でも、どうにも彼のことを意識してしまう。音楽でもかけようかと思ったが、この車のオーディオは昔懐かしのカセットテープなので生憎と用意がない。何か軽い話題を振ろうとしたが、真剣に運転しているらしいのでそれも気が引けた。

赤城南面道路は対面の二車線で、急カーブが連続している。群馬にいた頃に父の知弘の車で一、二回来たことがあったが、その時は休日だったので観光客の車が多く走っていた。今日はお盆休みも終わったのか、途中の行楽施設の人出も疎らに見えた。

道は右カーブの急な上りに入った。隼人がギアを入れ替えた。

「え……？」

突然、黒い何かが視界に飛び込んできた。

「わ！」と叫んで、隼人は急ブレーキを踏んだ。左に少しハンドルを切り、車は縁石ギリギリで停止した。

「なんだ、あのバイクの奴！」

隼人は怒鳴った。彰子はそれで、今目の前に現れたのがオートバイだとわかった。

「おい、大丈夫か雨野？」

「わたしは平気だけど……」

その時、車の後ろでエンジンの音がした。

カーブの向こうで反転してきたらしい黒いバイクが、こっちへ走ってくる。このツーリングワゴンの横を通り過ぎる時、運転席のドアを思い切り蹴った。

「……あの野郎」

隼人の目の色が瞬時に変わる。

「は、隼人くん、落ちつ……」

彰子がそれを言い終わる前に、車は急発進した。

赤城南面道路はここからは十連続でカーブが続いていた。隼人はすぐに前を行くバイクに追いつくと、「止まれ！」とばかりにクラクションを鳴らした。

でも、バイクは止まるどころか小回りが利くのを良いことに、車の真横に位置取りすると、またドア付近を蹴った。さっきより強く蹴ったらしく、振動で車が揺れた。彰子は思わず「きゃ！」と小さく悲鳴を上げて、助手席のドアにしがみついた。

「は、隼人くん、もう止めようよ。世の中には頭のおかしい人ってたまにはいるよ。相手にすることないよ」

「それがどうも、用事があるのは向こうらしいぞ」

「よ、用事って……？」

バイクはドアを蹴ると、今度は車の後方に回る。仕切りにエンジンを噴かすと、車を煽り立てた。揺れる助手席からバイクを見ると、カーキ色のライダースジャケットに黒のレザーのパンツ、それに黒のブーツ。赤いヘルメットを被っていて、ライダーの顔はまったくわからない。

隼人が少し減速すると、また隣に並んでドアを蹴る。そうして今度は車の前へ出た。

「だ、だったら止まっちゃおうよ。それなら……」

「後ろを見ろ」

言われて後ろを振り返って、彰子は初めて気づいた。いつの間にか真後ろに銀色の長い車——所謂「大型ミニバン」が、ぴったりと張りついていた。

耳を裂くようにクラクションが鳴る。隼人はスピードを上げたが、大型ミニバンも距離を保ったまつついてくる。その間も、ずっとクラクションが鳴り続けていた。

「あんなデカいだけの車に追っかけ回されるなんざ屈辱だな。畜生が、運転してる奴何者だ？」

「そ、そんなこと言ってる場合じゃないでしょ。どうするの！」

また、車体が揺れる。横に回ったバイクが、もう何度目かわからないがドアを蹴った。

「そうだ！　脇道に入っちゃおうよ！　そうしたら、もう追いかけてこれないよ」

その彰子の提案は、あっさり「ダメだ」と一言で却下された。

「この辺りはどこも脇道は行き止まりだ。袋小路に追い詰められたら、何をされるか知れたもんじゃない。それに……」

「な、なに……」

隼人が明らかに不穏な顔をしているので、嫌な予感がした。普段は飄々としているのだが、思い返すと彼は中学の頃から一線を超えると激情家と言うか、キレると言うか……

次の瞬間、隼人はクラクションを思い切り叩いた。

「これだけ一方的にやられて引けっかぁ！　見てろ……ここから先が俺のターンだ！」

「これだから男子ってのはぁ！」

彰子の抗議も悲鳴も置き去りにして、十連続カーブを抜けてもバイクと大型ミニバンはしつこくついてくる。たまたま対向車がまったく来ないために、バイクは対向車線まで使って自由自在に動き回る。

行く先に信号が見えた。信号機下の標識を見て隼人は、「三夜沢《みよさわ》……か」と呟き片方の口角を上げる。ここを左に曲がると赤城神社があり彰子はさっきまで参拝したいとか思っていたが、この状況で提案しても止まってくれないだろう。それに……

（この顔って絶対に何か良からぬことを考えている）

「雨野、ドアにしっかり掴まってろ」

「え……ちょ……わっ？」

いきなり車が減速した。そう思った途端に、隼人はハンドルを切ると車の運転席側をバイクに接触させた。

バイクは不意を突かれたらしくよろめいたが、すぐに体勢を立て直した。隼人は窓越しにライダーに向かって、指一本を立てた。お世辞にも上品ではない……明らかに挑発するように、指を曲げた。

ヘルメットを被っているので表情は見えないが、それでも相手が怒ったのが彰子にもわかった。隼人はそんなことはお構いなしに、今度は運転席のウィンドウを軽く叩く。ライダーは今までドアを蹴っていたのを、足を高く上げると車の窓を蹴ろうとした。

その刹那、隼人はパワーウィンドウのスイッチを入れた。一瞬でウィンドウが下に開く。開いた窓から黒のライダーブーツが飛び込んできた。

隼人はすかさずウィンドウを上げた。相手の左足は、完全にウィンドウと窓枠に挟まれてロックされた。

三夜沢の交差点を過ぎる。信号は赤だったが気にしたのは彰子だけだろう。

「ど、どうするの……そんなことして？」

彰子は窓から抜けようと、バタバタ動く足を見て訊ねたが、隼人は車を加速させた。

交差点の先の道路には、真ん中にコンクリートで作られた中央分離帯があった。ライダーもそれに気がついて逃げようとしたが、どうやっても足が抜けないらしい。

このまま行けば、車の右側にくっつくようになっているバイクは、間違いなく中央分離帯に激突する。ライダーも絶対に無事では済まないだろう。

運転免許も持っていない、車にはまったく疎い彰子にもこの先に起こることが予想できた。低いエンジン音が咆哮し、車の速度が一気に上がる。

「ダメ！」

彰子はシートベルトを外し、隼人の身体越しに運転席のウィンドウボタンを押した。ウィンドウが再び下がると、ライダーブーツが抜ける。中央分離帯直前で体勢を立て直すと、バイクは対向車線に出て加速する。一瞬にして走り去った。

三

「雨野……おまえなぁ」

路肩に車を停止させた隼人は、ハザードランプを押すとシートに持たれかかった。

「まさか本気で中央分離帯にぶち当てるか！　直前で左に寄ってギリギリで避けてやるに決まってるだろ！」

「ゴ、ゴメンナサイ……」

一応謝ったものの、さっきは間違いなく顔にも声にも狂気があった。彰子としてはあまり信用できる言葉ではなかった。

真後ろにいた大型ミニバンは、いつの間にか姿を消していた。途中の道をどちらかに曲がったのだろうか。

隼人は車から降りると運転席のドア、そして後ろのバンパーを見ていた。傷を見て「あのバイクめ……」と憎々し気に吐き捨てた。

彰子も車から降りて傷を見たが、あれだけやり合ったにしては、少し黒い筋と凹みがあるだけだ。二十年以上も走っているというだけに、よほど頑丈な車なのだろう。

隼人はしゃがんでタイヤに異常がないか見ていた。

「雨野は車の中にいろよ。また、何か来るかもしれない」

「うん……あ」

「どうした？」

「さっきの」

道の先に黒いバイクが止まっていた。シートに跨ったままの、あの赤いヘルメットのライダーがいた。

不意にバイブにしてあった携帯が震えた。未登録者からのメールを、彰子は少し恐ろしく思いながら開いた。

『鎌倉戻りな』

メールに書かれていたのはその一行だけだった。

バイクに跨ったままのライダーの片手が動いた。遠目でもそれはガラケーを閉じる仕草……それがわかった。

「あ……」

漏らした呟きは、隣の隼人の耳にも聞こえないほど小さかった。

エンジンの音が鳴る。バイクは発進すると、そのまま赤城南面道路を桐生の方へと走り去っていった。

「どうも、いろいろ絡んでやがるな」

隼人はバイクの走り去った方をにらんで、「まあ、桐生に着いてからこっちも対抗策を練るか」と、彰子を促した。

彰子はまだバイクの去った方を見ていた。画面に表示された一行きりの短い文章に指先でそっとふれた。

## 四

また、誰かの襲撃があるかと警戒しながら走ったが、その後は車は予定通りのルートを進んだ。

「ちょっと寄り道するぞ」

もう少しで桐生の市街地に入るというあたりで、隼人はそう言って道を変えた。彼が車を入れたのは自動車メーカーの営業所だった。

隼人はこの営業所に来たことがあるのか、顔見知りらしい整備員と車の傷を見ながら何やら話し込んでいる。側で聞いてわかる話でもなさそうなので、彰子はショールームの喫茶スペースで終わるのを待っていた。

さっきのメールについて隼人からは何も聞かれなかった。彰子の方から切り出そうとしたものの完全な確証もなかった。

また携帯が鳴った。一瞬身構えたものの、この着信音は家族用のものだ。画面を見ると「真治」と出ていた。

彰子は喫茶スペースの端まで行くと携帯に出た。

『もしもし、お姉ちゃん？』

「真治？　どうしたの」

『お姉ちゃん、今どこにいるの。まだ群馬にいる？』

「え、そうだけど……」

実は今回、母には「遥ちゃんと東京に就職した高校のクラスメイトのところに行く」と言って家を出てきた。群馬が好きではない母に本当のことを話しても、許可してくれないと思ったからだ。遥にはもし母から連絡があった時は、話を合わせてくれるように頼んでもおいた。ただ、彼女は友達のところではなく、新しい彼氏と北海道に旅行中だが。

でも、セーフティーネットには万全を期して、真治には「群馬に行く」とは言っておいた。

「こんな時間にどうしたの。あーまた予備校をさぼって……」

『家に泥棒が入ったんだ。今は家からかけてる』

「え？　泥棒って……」

『蔵に入られた。僕が朝、予備校に行こうとしたら扉の鍵が壊されているのを見つけた。警察が来て調べて、昨日の夜のことらしいって』

「蔵から何か盗まれたの？」

『それが何も』

「何もって……？」

彰子は困惑したが、電話の向こうの真治は声のトーンを落した。

『だってお姉ちゃんは出かける前に、銅像を蔵から移したじゃんか。あ、厳密に言うと銅像の入っていた空の木箱が壊されてた』

「つまり、あの銅像狙いだったってことね」

三日前のこと……彰子は真治に手伝わせて銅像を蔵から出してこっそり移した。不在の間に家に銅像を置いておくと、母が処分してしまうかもしれない。二日で帰る予定のためそれは内緒にしていて、隠し場所は大学のアトリエの彰子のロッカーだった。なので、鍵は持ち歩いていた。

「ねえ、お母さんの様子はどう？」

『パニック状態でお父さんに電話している。お姉ちゃんにもすぐに電話行くと思うよ』

「でしょうね」

そうなったらもう腹を括るしかない。東京にいると辻褄を合わせるのにも限界があった。

『ねえ、お姉ちゃん。この前家に来たお姉ちゃんの中学時代の彼氏は……』

「わたしの中学時代の何よ？　あのね、彼は……」

『由良隼人さん……だっけ？　その人って今そこにいるの？』

「隼人くん？　すぐそこで自動車整備の人と話しているけど？」

『自動車整備って何？　どこデートしてんの』

「デートじゃないわよ。それで隼人くんがどうかした？」

『その人が怪しいってお母さんが警察の人に言ってたけど』

「な……何言って……」

つい大声になりかけたが、彰子は慌てて声をひそめた。

「そんなわけないでしょ。変なこと言わないでよね」

『お母さんはあの銅像を盗みに来たんだろうって。泥棒は真っ直ぐ蔵に入っているって警察の人が言ってた。銅像の置き場が蔵なのを知っているのは、群馬の警察の他には、あの隼人って人しかいないし』

「あのねぇ。わたしは昨日は隼人くんと夜の九時まで一緒にいたの。今朝も八時くらいからずっと一緒に行動している。どうやって鎌倉に行くの？」

『十一時間もあれば鎌倉と前橋の間なんて、電車でも車でも往復できるじゃん』

「それは……」

確かにそれは可能だろう。九時に前橋を発てば高崎駅の新幹線の最終に充分間に合うし、車でも高速道路を使えば三時間で鎌倉に着けた。

母には銅像を移したことを伏せていたので、蔵に入った犯人に盗まれたように見えただろう。秘密にしておいたのは失敗だったかもしれない。

『あの銅像にはやっぱり何か秘密があるんだよ。ものすごい高値とか、名工の作とか、徳川埋蔵金の隠し場所がわかるとか。あの人はそれを狙っているのかもよ？』

「そんなことないわよ。わたしは隼人くんを……」

口にしかけて、隼人がこっちに歩いてくるのが見えた。彰子は「じゃあね。早く帰りなね」と咄嗟にしゃべって、電話を切った。

「電話？　誰からだ」

「弟。風邪気味だから予備校から早退して家に帰るって連絡。わたしからお母さんにメールしてくれって」

蔵に泥棒が入ったことは隠して、彰子は作り話をした。隼人は「弟に優しいな、昔から」と言っただけで、自販機のコーヒーのボタンを押した。そういえば、中学のときにインフルエンザで休んでいる真治が心配で、友達の携帯電話を借りて家に電話したことがあった。彼はそのことを覚えていたのだろう。

隼人の表情はいつもと変わらない。取り出し口からコーヒーカップを出している。

（もしも、隼人くんが犯人だとしたら）

頭にそれが過った。だとしたなら、あの手紙から何かを読み解いて銅像の秘密に気づいたことになる。確かに彼は手紙と写真を一時的に彰子から借りていったから、調べる時間は充分にあった。読み解く知識も持っている。

(何より昨日と今日の二日間……わたしにここに来るように指定したのは……隼人くんだ)

彰子を群馬に呼んでいる間に、真治の言うように鎌倉に向かって蔵に入り込むのも不可能ではない。これはたまたま話題に上らなかったからなのだが……彰子は銅像を蔵から移した件を、まだ隼人に伝えていなかった。

(じゃあ、さっきのバイクに大型ミニバンは?)

その疑問が残った。一歩間違えればふたりとも事故で今頃死んでいたかもしれない。

(でも、さっきのがすべて「演技」なら?)

彼の左手に注意してみたが、髪に手をやりもしないし引っ張る仕草もない。それですべてが安心できなかった。その癖は昨日、彰子が自分で彼に話をしてしまった。

「どうした、雨野? 何か飲むか」

紙コップを手にして隼人が振り返った。彰子が「じゃあ、オレンジジュース」と言うと、隼人はまたボタンを押した。

彰子は「お母さんにメールしちゃうね」と言って携帯を開いた。

少し迷ったが――彰子は父、母、真治、それに遥や大学、高校の鎌倉の同級生たち、知人たち……

その全員を「着信拒否」設定にした。

五

車がひとまず走行に支障がないことを確認して、彰子たちは桐生の中心街に向かった。

桐生は「上毛かるた」に「桐生は日本の機《はた》どころ」と詠まれているように、古来より良質な絹織物の産地として京都西陣とも並び称されている。製糸業の盛んな前橋が「糸の町」なら、桐生は「絹の町」と呼ばれていた。

桐生大橋を渡って街に入る時、橋の上から赤城山が見えた。前橋からとは違って長い裾野は見えず、小さな山が幾つも連なっているがこれはこれで美しい。きっとそれぞれ暮らす場所から見える山の姿が、その土地に住まう人たちにとって心の原風景なのだろう。

群馬に住んでいた当時、彰子は桐生には一度も来たことがない。戦災にも合わなかったという桐生の町は、古い民家に細い路地が入り組み、前橋とも鎌倉ともまた違った雰囲気のある町だった。

「今の桐生駅は昭和六十年に建て替えられた三代目だ。誤導事件の時とは違う駅舎になる」

隼人は両毛線桐生駅南口の駐車場に車を止めた。そこからふたりは歩いて駅構内を通り抜けた。

「昭和九年十一月十六日、桐生行幸の出発地点になった桐生駅北口だ」

「ここが……」

彰子はファイルから写真を二枚取り出した。一枚は家から持ってきた「警察特別警備隊の若い警察官の写真」。そしてもう一枚は——これを持ち出したのは本当はいけないことなのだろうが、県立図書館で見つけた「桐生駅前から走り出そうとしているサイドカーに乗る警察官の写真」だった。

（あの日、お祖父ちゃんは……雨野貴幸はここに立っていたのだろうか）

急に呼吸が苦しくなって、彰子は胸を押えた。

「おい雨野、無理するな。車で待って……」

「大丈夫。ねえ、ここから事件の現場は近いんだよね」

「末広町交差点は東へ約二百メートルだ。五分とかからない」

「なら、行こうよ」

彰子はそう言って、隼人が指さした先へと歩き出した。

桐生行幸の写真は駅前のもの以外は見つからなかったが、隼人は当日の様子を調べたという。末広町通りの歩道アーケードの下をふたり並んで歩きながら、彰子は彼の話を聞いた。

「当時、道の幅は今の三分の二ほど。道の両脇には人垣が何重にもできたらしい」

「平伏して御召車を出迎えたって、県立図書館で見た資料にもあったよね」

「そう書いてある資料もあるが、いくら戦前でも天皇行幸は基本的に平伏して出迎えない。あまりの人出に前列の群衆が膝をつくように指示されたのが、平伏したと誤伝されたんだろうな」

「この道がそんなにすごい人で溢れたんだね。今じゃシャッターの降りているお店も多いから、信じられない気がする」

「あの時代は家にテレビがあるわけじゃないし、天皇の姿を間近にできる機会なんて限られていた。推測だが通りの左右から溢れた人で、道は車一台通るのがやっとだっただろう。そんな非日常的な風景は、エリート警察官と謂えども見慣れたもんじゃなかっただろうな」

そこまで話して彼は足を止めた。彰子も止まって道路の信号機を見上げる。地名表示には「末広町」と記されていた。

「ここが誤導事件の現場……」

「多くの人間の人生を変えた運命のクロスロードだな」

隼人が洒落た言い方をしたが、そこはどこの地方都市にでもあるような平凡な交差点だった。角に建つ白い四階建てのビルが少し目立つだけで、あとは一、二階建ての商店が並んでいた。

緊張していただけに、彰子は少し拍子抜けした。

「記念碑とかないんだね」

「天皇行幸の順路を間違えた記念碑を誰が建てるんだ？」

「そうだよね……」

彰子は十字に交差する末広町交差点を改めて見渡した。

その日――桐生駅から直進してきた天皇の御召車は、この交差点を左折して桐生N小学校に向かう予定だった。それを誤って直進してしまった。

確かに昨日、図書館で聞いた通り周辺の道は狭く細い。当時はより狭かったと考えられるので、ここを一度直進してしまえば、大車列が迂回やルート変更はできないだろう。群衆が押しかけていたというのならそれは尚更だった。

隼人も交差点を見回していたが、口を開いた。

「とりあえず、桐生N小学校へ行って見るか。あそこにも義貞像があったはずだ」

「近いの？」

「見えないか？　あそこだよ」

彼が指さしたのは末広町通りと交わる道――北に向かって緩やかに上っている坂道の先の、緑の木々が茂る一角だった。そこが桐生N小学校らしい。

交差点を左に折れてその緩やかな坂を上った。歩く内に、彰子の頭にひとつの疑問が生まれた。

「ねえ、昨日の話なんだけど……」

「何だ？」

「あの写真……あれがわたしのお祖父ちゃんだとしたら、先乗として御召車の五分前に交差点に差しかかっていたなら、お祖父ちゃんは一体どっちの道に進んだんだろうと思って」

「それは、本来のコース通りにN小学校に行っただろう」

「お祖父ちゃんが道を間違えたって可能性はやっぱりない？」

「ない。それなら事件後に処罰された中に、おまえの祖父さんの名前があるはずだ。だけど、雨野貴幸は事件後も警察官を続けている」

「それは確かにそうだけど……」

先乗の祖父のサイドカーが道を間違えたのなら、その後の誤導事件の引き金を引いたことになる。

だけど、祖父は事件後も地方に転属こそしたが、警察に奉職していた。

もしも、祖父が誤導事件の原因を作ったとしたなら、祖母の澄子の言ったように質実剛健で自分の使命を果たす人なら、たとえ処罰されなくても自分から警察を去ったと彰子は思った。

坂を上っていくと、右手に二階建てで、壁はレンガ風のモダンな建物が見えた。

「ねえ、あれって何？　屋根に緑の瓦の……」

「ああ、桐生織物記念館だ」

「記念館？　桐生織の博物館みたいなもの？」

「展示スペースもあるが、ここは元は桐生織物協同組合の事務所だ。今は一階を改装して桐生織の反物はじめネクタイ、鞄、ショールとかハンカチとか販売している」

「へー、お店なんだね」

「前に太田新報の取材で来たことがあるが、モノは確かだぞ。看板だけ派手な『桐生の織物』みたいな店に入ると、やれメイドインチャイナとかインドとかタイランドとかあるしな」

「ねえ……ちょっと寄っていかない？」

彰子は隼人のジャケットの袖を、ちょんちょんと引っ張った。

「お母さんとか大学の人たちにお土産買っていきたい。ショールやハンカチとかいいと思わない？」

「それってN小行ってからでいいだろう？　取材の申し込みはもうしてあるんだし」

「うん……それはそうだけどさ……」

「何だよ？」

「とにかく、いきなり学校行くのは止めようよ」

坂の途中で立ち止まった彰子に、隼人は首を捻って「？」という顔をしていたが、少しの間のあとで「ああ」と頷いた。

「鎌倉の彼氏に土産か」

「か……違うよ！　そもそも彼氏とかいないし」

「じゃなくてトイレな。気がつかなくて悪かった。そりゃあ、小学校では借りづらいよな」

「気づいたんならはっきり言わないで！　恥ずかしいから！」

彰子が赤くなると、「悪ぃな。女馴れしてなくて」と言って、彼は織物記念館の入り口に向かう。

彰子もすぐに追いついて隣に並んだ。

急に隼人は、小さく噴き出した。

「何？　思い出し笑いとか止めてよね」

「いや……そういや雨野さぁ、スキー教室の時だっけ？　トイレに行きたいのにインストラクターに言い出せなかったのは」

「その話は止めて！」

彰子はそれこそ真っ赤になったが、彼は話を止めてくれない。

「あわやのところを篠塚の奴に引っ張り出されて、トイレまで連れていかれたんだろ？　後で怒られてたよな。『トイレくらいちゃんと言いな！』とか」

「……」

志帆の名前が出て彰子は黙った。それを見てか隼人は、「悪い、言い過ぎか？」と言ったので「言い過ぎに決まってるでしょ。あれスゴイ恥ずかしかったんだから」と応えた。

でも、彰子が黙った理由は別だった。同じ小学校卒の隼人と志帆は、いつもよく話をしていた。「幼馴染なんだね」と聞くとふたりとも「腐れ縁！」と応えたが、転校続きだった彰子はそんな関係が羨ましかった。

昨日のこと——志帆と再会したことは隼人には話していなかった。ホテルに着いたあとで、「志帆と会うことってある？」とさり気なく聞いて見たが、「いや、あいつ同窓会とかにも来たことないなぁ」との返事だった。中学校卒業以来、志帆はクラスメイトの誰とも連絡を取っていないらしい。

織物記念館の中に入ると、外とは一転してひんやりとしていた。彰子は「先に行っていて」と告げ、隼人と一旦別れた。トイレに入るとバッグから携帯を取り出した。

表示したのは、あのバイクから送られてきたメール画面だった。

彰子は文字を打ち込むと「送信」を押した。

六

トイレから出ると彰子は隼人を探した。

一階正面玄関の左右の部屋はどちらも販売所だった。向かって左は紳士用ネクタイ専用、そして右は反物や浴衣など、いろいろな商品が並んでいる。壁紙には「ロンドン、パリ、ミラノ、ニューヨーク」と世界の大都市の名前が英語ロゴで並び、その中に「桐生織」のロゴを際立たせるデザインも意欲的でなかなか面白い。

色あざやかな織物が並ぶ中で、隼人はレジカウンターの女性と話をしていた。

「おや、可愛い子がお連れさんだね」

店員の四十歳くらいの女性が彰子を見て笑った。胸には「大井田《おおいだ》」とネームプレートをしていた。

「前の取材の時は、やる気なさそうな記者が来たもんだと思ったけど、今日は格好からして小奇麗だと思ったよ。いいのかい？　仕事中に公私混同していて」

「そんなわけじゃない。余計な話はいいから、何か見立ててやってくれませんか？」

「あ、大丈夫です。ちょっとひとりで見てきます」

彰子はそう断ると、売り場を順に回った。反物から浴衣まで並び、桐生織を使ったバッグや小物も揃っている。織物の産地だけに品揃えはかなり良い。

「千早《ちはや》とかあるんだ。色が鈍色《にびいろ》ってなんかのイベント用かな」

衣紋掛けには巫女《みこ》が着る千早がかけられていたが、色は黒に近い鈍色だった。さすがに着物は買えないと思いながら見ていると、隣に洋服などもある。本当にいろいろあるな……と感心していると、次はショールの並べてあるコーナーだった。淡い色彩のショールが並ぶ中で、彰子はその内のひとつを手に取った。

「綺麗……」

それは空色と緑色の二色が混じり合ったショールだった。派手さはないが、群馬の清流と山の緑を連想させた。

「それは良い品だよ」

急にしゃがれた声がした。

「シルクの手染めでここでも数は少ない。あんた良い目してるね」

かなり年配――おばあさんと言える歳の、女性店員がすぐ横で商品の並べ替えをしていた。小柄な上にしゃがんでいたので気がつかなかった彰子は、「あ、え……はい」と変な受け答えになった。

「瑞子《みつこ》さん、ちょっとお願いしますね」

さっき隼人と話をしていた店員がそう言って表に出ていく。瑞子と呼ばれた女性は、「はいよ」と応える間も仕事の手は止めない。

「まあ、ゆっくりしていきな。見るだけなら無料《タダ》だよ」

「あ、ありがとうございます」

「あっちは一応記者だけど、あんたは学生さんかい？」

「はい。鎌倉の大学の大学院に通っています」

「女が大学院かい。大したもんだぃね」

瑞子は感心したように、彰子の顔をしげしげと見つめた。

「私は八十を大分過ぎたけど、昔はそんなのは嫁の貰い手がなくなると言われたもんさね」

「え、八十を過ぎたって……お若いですね」

さすがに八十代と思っていなかったので、今度は彰子が驚いた。年齢と共に刻まれた皺こそ深いが目鼻立ちの通った面差しで、きっと若い頃は美人と呼ばれただろう。

「どうってこたぁないよ」

瑞子は苦笑したように皺だらけの顔を緩めた。

「女なんてみんなおんなじだ。どうせあんたもその内ここに来るのさ」

「あの、瑞子さんっておっしゃいましたよね」

少し迷ったが、彰子は彼女の年齢を聞いて思い切って訊ねた。

「もしかして、桐生行幸はご覧になられているんですか？」

「それを調べにわざわざこの町まで来たのかい？　あんた、年寄りの前でその話をするもんじゃないよ。陛下の御召車の順路を誤らせたんだからね」

「……すみません」

彰子は謝ったが瑞子は立ち上がると、「古い話さね」と話し始めた。

「あれは私が小学校に入ったか、入らないかの頃さね。太平洋戦争で戦死した父親に連れられて、御巡幸を見ようと末広町通りの交差点に行ったけど、もう前は大人に塞がれていてね。そんな子供が周りには大勢いたいね」

「末広町の交差点で……」

「汽笛が聞こえて、駅に御召列車がお着きになったのがわかってね。十時少し前だったかねぇ。通りの左右に詰めかけた群衆の真ん中を、警察のサイドカーが走ってきた」

話を聞く内に、彰子は胸の鼓動が上がるのを感じた。

「そのサイドカーには運転手ひとりしか乗っていなかった。隣にいた年上の男の子が教えてくれた。あれは東京の特別警備隊だぞって」

「そのサイドカーはどうしたんですか？」

「私のいた末広町交差点で止まった」

彰子に比べても瑞子はかなり背が低い。その伏せ気味だった目が上がり、彰子の顔を見た。

「その警察官は私たちに向かって、『おまえたち、そこでは陛下の御顔が見えないだろう。前に出ていいぞ』と言った。その言葉で男の子も女の子もわっと並んでいる大人たちの前に出て、正座して陛下の御車をお待ちした」

資料にあった、「平伏して御召車を出迎えた」というのは、このことを指しているのだろうか……彰子は気になったが、「瑞子さんも末広町通りに？」と訊ねた。

「父がおまえも前で見ろと言ったのでね。ちょうど曲がり角のところだった。私たちが前に出て座ったので、末広町通りからN小への道はほとんど塞がってしまった」

「あの、それでそのサイドカーの警察官は？」

「そのまま末広町通りを直進していった。それで、それまで通りを塞いでいた大人が道の両側に寄ったので、余計にN小への曲がり道は狭くなった。それから五分もしない内だったかね。陛下の御召車が見えたのは」

「御召車が直進した時、やっぱりおかしいって思いましたか？」

「思わなかったね」

意外と思えるほど、瑞子の口調は淡々としていた。

「前の日の前橋行幸で予定を変えて、赤城山に登山されたとその日の新聞に載っていたしね。何より、先乗のサイドカーが直進したんだ。ご順路が変わったのかと話していた大人もいた。誰もが震えたのはその日の夕刊に、第一報が報じられた時さ」

話し終えると瑞子はまたしゃがんで、商品の整理を再開させた。

彰子は迷ったが二枚の写真をバッグから取り出した。「あの」と声をかけると瑞子はまた仕事の手を止めた。

「これを見ていただけませんか？　そのサイドカーの警察官は……この人ですか？」

「警察特別警備隊の若い警察官の写真」と、「桐生駅前から走り出そうとしているサイドカーに乗る警察官の写真」を、瑞子に渡した。

緊張のためにまた気分が悪くなりそうだった。口の中が渇いてかさかさする。軽く握った手に汗が滲んだ。

だけど、瑞子は苦笑しただけだった。

「八十年以上前の話さね。警察官の顔なんてもう覚えちゃいないよ」

「そうですか……」

「それともうひとつ。今でもあの事件はこの町の傷になっている。私は隣村の生まれだから特に気にしちゃいないが、御巡幸の写真なんて人に見せるもんじゃないよ」

「すみません。ありがとうございました」

彰子は謝ってお礼を言うと、瑞子は「さあ、ゆっくり見ていきな」と言った。

「雨野」

スマホを手にした隼人がこっちへやって来た。

「今、N小には連絡しておいた。取材時間はずらしてもらったぞ」

「あ……ゴメン。取材の邪魔しちゃったね」

「謝るこたぁないさ。そのくらいの始末は男につけさせな」

瑞子がそう言ったので、彰子はつい「そうですね」と笑った。隼人が「おい、勘弁してくれ」と口を尖らせた。

彰子は遥や真治……受け取ってもらえる状況ではなさそうだが、母にもタオルやハンカチを選んだ。さっきのショールは少し高かったが、惹かれるものがあって思い切って購入することにした。

レジに持っていくと瑞子が、「はい、おまけだよ」と言って、端切れに綿を詰めて作ったらしい白の毛色で、背中に黒の斑点のある小さな招き猫をくれた。彰子が「かわいい」とその頭を撫でると、瑞子は「さっきの話だけどねぇ」と小声になった。

「陛下の御召車の順路を間違えたこと、これは許されざる大罪かもしれない。私の歳の者なら誰もがそう思っている」

「はい……」

「あの事件で責任を感じて自決されようとした方もいた。ご家族もご苦労をされただろう。だけどね、私はあれで良かったと思っている」

「良かった……ですか」

「あの時代、国威発揚を叫べば何でもまかり通った。戦地に送られて死んだ男たちも、みんな国に尽くした軍神になった。私たち女がその陰でどれだけ涙を流しても顧みられやしない」

「軍神に……？」

「あの行幸が無事に終わっていれば、更なる軍神を生んだかもしれない。それは本人の意思に関わりなくね」

瑞子が何を言いたいのかよくわからなかった。戸惑って口籠る彰子に、「まあ、年寄りの世迷言さね」と、彼女は皺の深い顔でまた笑った。

# 七

販売所から出ると正面玄関横に置いてある長イスに隼人が座っていた。表情は明らかにげんなりとしていた。

「だから女の買い物は……とかありがちな愚痴言ってていいか？」

「あはは。なんかいろいろ目移りしちゃってつい時間が……」

気がつけば記念館に入ってから、一時間は軽く経過していた。

「まあ、あのばあさん見る目は確かだから品物は良いと思うぞ。口は悪《わり》ぃにしても」

隼人は「ひとつ貸せよ」と手を伸ばして、彰子が両手で持っていた紙袋を片方持った。

「一度車に戻ってこの荷物置いてから次行くぞ」

ふたりは織物記念館を出ると元来た坂道を下って、末広町交差点の方へ戻った。

「お祖父ちゃんかもしれないサイドカーの警察官は……わざと交差点を塞いだと思う？」

「なんだよ、急に」

「どうせ聞いてたんでしょ？　先乗の警察官は交差点の群衆を故意に移動させて、左折の進路を隠した。そして、逆に直進の道を開けた」

「それだと結局、おまえの祖父さんも間違った行幸先に行ったことになるぞ」

「ううん、お祖父ちゃんはそうしてから、予定通り桐生N小学校に行っている」

彰子は通りから脇道に目を向けた。

「自動車では無理でも、あのサイドカーならこのくらいの細い道は通れる。お祖父ちゃんは一度末広町交差点を直進した後で、左に曲がってN小学校に行ったの。昭和天皇誤導事件は……雨野貴幸が意図的に引き起こした事件」

「どうしてそんなことをする必要がある？　おまえの祖父さんは警察官だ。そんな真似したらクビじゃ済まない」

「それはまだ全然わかんない。でも、そんな気がするの」

目の前には末広町交差点が近づいていた。祖父が桐生行幸の日、ここでやったことは許されないことかもしれない。だけど、それは何か強い信念に基づいての行動だったように彰子には思えた。

「ごめんね、隼人くん」

隣に並んで歩きながら彰子は謝った。

「これはお祖父ちゃんが関わった事件てだけで、義貞像とは何も関係ないかもしれない」

「別に、おまえの気が済むまで俺はつき合うさ」

「ありがとう」

「さて、荷物置いたら昼飯でも食いに行くか」

「あ、それなら前にテレビでやってた、桐生のひもかわうどんってのが食べてみたい」

「おまえ、案外ミーハーだろ？」

「いいじゃんさぁ、別に」

そんなことをしゃべりながら並んで歩く。彰子としてはこの時間はこの時間で楽しみたいし大切にしたい。

「昨日は結局お昼が食べられなかったし。やっと中学の給食でないご飯できるねー」

「中学の給食ねぇ」

「わたしのこと昔話ばっかりしてるとか思ってるでしょう。でも、あれはわたしにとって一番楽しい時間だったの。隼人くんの隣の席だった時が」

「俺だってそうだよ」

隼人がそう返事をした。それが意外過ぎて彰子は思わず「え？」と聞き返した。

「なんだよ。そんなに驚くことか？」

「だって、わたしと違って隼人くんは……」

「雨野も噂くらい知ってるだろ？　中一の終わりに俺の父親と母親は離婚した。それをとやかく詮索されたくなくて、同情されるのも嫌で親戚の弓道場に行くと言って部活も投げ出した。話しかけられたくもなくて、自分の席で本を読んでいた。その俺を引っ張り上げてくれたのは雨野、おまえだよ」

あの頃の壁を作っていた、寂しそうな隼人の目を彰子は思い出した。噂を聞いたことはあったけど、隼人の家族について彰子は何も知らなかった。

「ねえ、隼人くん。隼人くんの家族って……」

それがつい口から出た。

「俺の家族か」

「ごめん。変なこと聞いちゃった。失礼だよね」

「いや、別にいいよ。なあ、雨野」

点滅していた末広町交差点の、歩行者用信号が赤になった。隼人は足を止めた。

「やっぱり、おまえに言っておこうと思う」

「な、なに……？」

「俺と俺の家族というか一族の話だよ。苗字は由良だろう？　由良家は元々は新田の……」

それは突然だった。目の前の横断歩道を塞ぐように黒のセダンが横づけされた。

後部座席のドアが開くと、暑さも厳しい中でスーツに身を固めた中年の男が降りてきた。彫の深い色黒のその顔を見て彰子は驚いた。

「堀口さん……太田署の」

それは以前、彰子の家を訪ねてきた群馬県警太田署の堀口義威だった。この車もあの時、家の前で見た群馬ナンバーの車だった。

堀口は相変わらず紳士然としていて、柔和な表情で口を開いた。

「探しましたよ、雨野彰子さん」

「どうしたんですか？　あの、何でこんなところに」

「実は今日の未明頃、あなたの家の蔵に泥棒が入り、例の新田義貞公の銅像が行方不明になりました。何者かに盗まれた可能性が高いと思われます。御存知ありませんでしたか？」

「……いえ、わたしは昨日からこっちに来ているので」

泥棒の件は真治から電話で聞いていたが、彰子は咄嗟に知らないフリをした。

堀口は「そうですか」と言い、続けた。

「では、ひとまず我々と一緒に来ていただけますか？」

「あの、それは何ででしょうか？　わたしはまだ用事がありますので」

「あなたのお母様から盗難の被害届が出されています。刑事事件に発展する恐れがありますので、私どもであなたを鎌倉のご自宅までお送りします。あなたの安全を考えての処置です」

「母が……？」

携帯は着信拒否にしてあるので、母とはまったく連絡を取っていない。でも、真治が母に問い詰められて、彰子が群馬にいることをしゃべった可能性はあった。

「せっかくお越しいただいて申し訳ありません。ですが、蔵に泥棒が入ったにせよ、銅像は盗まれたわけではありません」

彰子は、はっきりとそう言った。堀口が何をどこまで知っているのかわからないので怖さはある。

表情を気取られないように、顔には微笑を作った。

「お引き取りください。わたしは今夜には鎌倉に戻りますので、母には自分の口から説明します」

「失礼だが蔵から銅像が消えていると連絡を受けている。銅像は盗難にあったと見るのが妥当かと思いますが？」

「義貞像ならわたしが蔵から持ち出しました」

「あなたが……」

堀口の目から笑みが消えた。

「ですので、あの銅像は盗まれたわけではありません」

「では、あなたは銅像をどこに移された？　本職も任務ですのでそれを聞かないわけにはいきません」

「それは……」

「横断歩道を塞いで車を止めて、歩行者の迷惑だと思うんだが」

それまで後ろにいた隼人が、いきなり会話に割って入った。

「善良な市民の邪魔なんでその車、早くどかしてくれませんか」

「おまえは……」

堀口が眉根を寄せた。

「太田新報の由良です、堀口警部。生品神社の義貞像盗難の時も現場でお目にかかりましたね？」

隼人が挨拶すると、堀口は「あの時の由良家の若造か……」と舌打ちした。ふたりは顔見知りなのかと彰子は思ったが、それを問う前に隼人がまた口を開いた。

「もういいでしょう？　俺たちはこれから飯食いに行くので。ランチタイムが終わる前に店に入りたいので」

「まだ、彼女に聞くことがある。それに由良隼人だったな」

「よく下の名前までご存じで」

「おまえのことも鎌倉の雨野さんから聞いている。取材と言って前々から家の周りをうろついていると。銅像盗難の犯人はおまえではないかと疑っておられた」

「半分正解」

「なに……」

堀口だけでなく、彰子も「え……」と驚いた。

「彼女から銅像の保管を依頼されました。あの義貞像は今は俺が預かっています」

彰子の背中にすっと隼人の手が回り、二度軽く叩いた。それが、「話を合わせろ」という意味だとわかり、彰子は頷いて見せた。

前に出た隼人は堀口と向かい合った。

「あの銅像については近々、太田新報で特集記事を組みますが、実は買い取りたいという話が行政から個人資産家まで来ている。なので、彰子とどれだけ高値がつくか相談していたところです」

ただの会話の流れ上だが、隼人は「彰子」と下の名前で呼んだ。それは初めてのことだった。彰子は一瞬、顔が火照るのを感じた。

隼人は「そういうことですので」と堀口に言うと、「行くか」と彰子を促した。

「……待て」

堀口の声質が変わった。

隼人はいつもの片方の口角を上げる悪戯っぽい笑い方……に彰子には見えるが、これも隼人の今の年齢と容姿からすると、挑発しているように見えるかもしれない。本人は相手の様子など気にもせず、

「まだ、何か？」と振り返った。

「できれば手荒な真似はしたくなかったが仕方ない。おい！」

その声と同時に、車の残り三つのドアが一斉に開く。三人の内のふたりは前に家に来た堀口の部下で、あとのひとりは初めて見る顔――彰子がそう思った時、隼人が叫んだ。

「逃げろ、雨野！」

「え……？」

「織物記念館に逃げ込め。さっきの瑞子ってばあさんに知らせろ！」

彰子は隼人に、ドン！　と背中を押された。

転びそうになりながら振り返ると警察官たちが隼人に一斉に飛びかかる。特に長身というわけでも、屈強というわけでもない彼は歩道に押さえつけられた。

「さて、ではご同行を……」

堀口はそれを一瞥して、彰子に手を伸ばす。あまりに急なことと、堀口への恐怖で彰子は身体が固まって動けない。

余裕の笑みを浮かべた堀口の手が彰子に触れようとした瞬間、揉み合いになっている中から、隼人

の足が伸びた。

「行け！」

堀口は足を攫われて、転倒した。彰子は我に返って走り出した。

坂道を走るとすぐに息が上がった。日頃の運動不足……というか、子供の頃からの運動嫌いを恨みながら懸命に走った。

すぐに織物記念館の緑の屋根が見えた。

「どうしたんだい？」

織物記念館の敷地に走り込もうとした時、急に呼び止められた。

声のした方を見ると、道路の反対側に中年の女性がいた。織物記念館の販売所で最初に隼人と話をしていた人で、確か……大井田というネームプレートをつけていた。

「あんたさっき太田新報の記者さんと一緒に来た子だろ。なにをそんなに慌てて？」

「あ、あの……」

道路を渡ろうとして一瞬、「織物記念館の瑞子ってばあさん」という、隼人の言葉が頭を過ったが、この人だって織物記念館の人だ。それに「八十を大分過ぎた」らしい瑞子よりも、助けを求めるには適当な気がした。彰子は道路を渡った。

「そこの交差点で太田警の人がいきなり襲ってきて。わたしを逃がすために隼人くんが……」

「警察が？　あんたたち何かやったのかい？」

「何もしてないです。それどころか、ここに来る途中だって変な車とかに追いかけられ……て……」

言いかけて彰子は彼女のすぐ後ろに、大型ミニバンが途上駐車していることに気づいた。銀色の車体のその車に彰子は見覚えがあった。

「その車……なんでここに？」

どうしてさっき、赤城南面道路で気づくことができなかったのだろう。隼人と蔵の義貞像を調べた日に、家の前の道から急発進していった車。そして赤城南面道路で真後ろから圧力をかけてきた車。そのどちらも大型ミニバンで……この銀色をした車だった。

（じゃあ、ずっとわたしのことを……）

大井田の溜息が聞こえた。

「私もねぇ、あんまり手荒な真似はしたくないんだけど。仕方ないね」

後部座席のドアが開く。降りてきたのは、群馬会館の事務局にいた初老の男性だった。確か名前は

……

「金谷さん？」

頭が混乱して彰子は声が震えた。

「どういうことですか！　まさかあの時どこかに電話していたのは……」

「会の仲間と連絡を取っただけだ。悪いがあんたたちの行動はすべて見張っていた」

金谷はそう言った。

「会？　まさか義貞公会……」

「今ここで余計な詮索はするな。まず一緒に来てもらおうか」

金谷はそう言うなり、彰子の腕を掴んだ。「放して！」と暴れたが、初老でも男性の腕は彰子の力では容易には振りほどけない。

大井田の方は、手は出さずに腕を組んだ。

「怪我だけはさせるんじゃないよ。なんたって御宗家の姫様だ」

「姫様……？」

力ずくで車の中に引きずり込まれそうになった時、通りにバイクのエンジン音が響いた。

通りの北側――N小学校の方から黒いバイクが走ってくる。それに驚いたらしい金谷は、彰子の腕を掴む手を離した。

「目を閉じて！」

バイクのライダーが黒い筒を投げて叫ぶ。彰子は咄嗟に目を瞑った。

破裂音、そして目を瞑っていても閃光が走ったのがわかった。彰子が恐々目を開くと、コンクリートの地面が黒く焦げていた。

「おまえ、どういうつもりだい！」

大井田が金切り声で叫ぶ。金谷は閃光を間近にしたらしく、両目を手で押さえて「目が目がぁ」と、ドラマで見るような悲鳴を上げた。

ライダーはそんな様子は無視して、彰子の前に止まった。

「……志帆？」

ライダーが赤いヘルメットを脱ぐと、茶色のセミロングの髪が肩にかかった。

志帆はヘルメットを彰子に向かって放った。「裏切るつもりかい、篠塚！」と大井田の声が聞こえたが、志帆はまた黒い筒――フラッシュバンという護身用具を手に振りかぶった。

大井田が大慌てで車の後ろ側に逃げると、志帆は車体越しに黒い筒を投げた。

破裂音と閃光、そして悲鳴がした。

「乗りなよ」

「……うん」

彰子はヘルメットを被るとバイクの後ろに跨り、志帆の身体に腕を回した。

# 第五章　墓所

一

桐生市中心街の北に聳える雷電山は「水道山」の通称で親しまれている。山頂は展望広場として整備されて、夜景スポットとしてもよく紹介されていた。

春には桜が咲いて人で溢れる名所でもあるが、この時期は青々とした木々が生い茂り、蟬の鳴く声ばかりが響いていた。

「はい。脱水症状になるよ」

石製のベンチに座った彰子の顔の前に、自販機で買ったペットボトルのミルクティーが突き出された。

志帆はカーキ色のライダースジャケットを脱ぐと、Tシャツ姿になって腰に巻いた。スポーツドリンクのキャップを開けると、それを一気に半分まで飲んでから、彰子の隣に腰をおろした。

彰子もキャップを開けようとしたが、まださっきの恐怖からか手に力が入らない。志帆は「貸しなよ」と、彰子の手からペットボトルを取り上げてキャップを捻った。

「ありがとう」

彰子はお礼を言ったが、志帆は何も応えない。蟬の声だけがうるさいほどに響く。

「このミルクティーってさぁ」

彰子は口を開いた。

「中学の時にわたしが良く飲んでたのだよね。覚えててくれたんだ」

「あんたは苦いのとか辛いのとか全然ダメだからね。もう平気なんだろうけど」

「はは……今でもダメだよ。無理してブラックとか飲む時あるけど」

「無理なのに何で飲むの？　また、無理して周りに合わせているんでしょ」

世間話みたいな会話はお互いに本筋を避けているからだ。でも、このままだと何も先には進まない。

彰子は勇気を振り絞って切り出した。

「ごめんね、志帆」

「何に謝ってんの？」

「中学の卒業式の日にわたしは志帆のことを傷つけた」

それはこの八年半、ずっと彰子の心を締めつけていた。

二

卒業式の日は朝から細かい雨が降っていた。

教室で最後のホームルームが終わると、男子は数人ずつにわかれて、さっさとどこかに遊びに行ってしまったらしい。女子はすぐには帰らずに部活の顧問、教科担当の先生、保健の先生など友達数人で回る子が多かった。彰子もそうだったが、小さな花束や記念品などを用意して「最後の挨拶」に行った。

彰子と志帆、それに他の友達も一緒に先生たちの間を回った。卒業式が終わった時は不安な気持ちで泣いていたが、隼人に卒業証書の筒を取り替えてもらったことが嬉しくて、今思えば少し浮かれていたのかもしれない。

「私たちは部活の顧問の先生に挨拶に行くから、ふたりとも夜にねー」

一緒にいた他の友達とは途中で別れたが、夜にはクラスの謝恩会が予定されていた。彰子は保健の先生に挨拶をしようと、志帆とふたりで保健室に入った。

「雨野さんは鎌倉星華女子に行くのよね」

保健の先生は彰子に笑顔で話しかけてきた。

「私は大学が神奈川だったから良く知っているけど、あそこの高等部は名門校よ。担任の先生も鼻が高いって」

「ありがとうございます。でも、本当はわたしもこっちで進学したかったんですけど」

「楽にどこでも合格できる成績だもんね。あ、篠塚さんは桐生の高校だったわね」

そこで保健の先生は初めて志帆に話かけた。志帆は「失礼します」と頭を下げて、保健室から先に出ていってしまった。

志帆は市内の高校を受験したがそこは不合格だった。春からは女子バレーの強豪でもある、桐生の高校まで電車通学することが決まっていた。

彰子は先生に三年間のお礼を言うと、「お餞別。向こうでも元気でね」とクッキーの小さな箱をもらって保健室から出た。

「志帆、待ってよ」

他にも美術部の顧問からもらった絵具セットや、後輩からの黄色い薔薇のミニ花束、クラスの女子全員からの寄せ書きを抱えて志帆を追いかけた。卒業生ということ以上に、県外に出る彰子は他の子よりもいろいろもらっていた。

「待ってったら」

校舎と校舎をつなぐ渡り廊下を先に歩く、志帆は速度を緩めてくれない。やっと追いつくと、彰子は背中に向かって話しかけた。

「ねえ、明日志帆の家に行ってもいい？」

「なんで？」

「なんでって、わたしは明後日に引っ越しだし。いろいろお礼したいこともあるし」

「お礼なんていいから」

「良くないよー。わたしがお礼したいの」

ずっと背中を向けているのは、卒業式で志帆も寂しいのかと思った。彰子は殊更に明るい声を出した。

「志帆には一年生の時からずっとお世話になったから、ホントに感謝してる」

肩が小刻みに震えるのがわかった。泣いているのかな？　と彰子は思った。

「転校生だったわたしと友達になってくれて、志帆のお陰で三年間楽しかった」

「やめて……」

「本当は同じ高校に行きたかったけど、でも……」

「やめて！」

志帆は振り返ると、彰子が抱えていた荷物を払い落した。花束、寄せ書き、それに卒業証書の筒がばらばらと床に落ちた。

「志帆……？」

彰子はなにが起こったのか、自分が何をされたのかわからなかった。

「あんた、あたしのこと馬鹿にしてんの！」

志帆は怒鳴った。

「だいたい優等生のあんたと馬鹿のあたしじゃ、同じ高校なんて行けるわけないじゃない！」

「え……そんなこと」

「あんたっていつも口先だけ都合のいい事言って、周りに合わせて適当に笑って、泣けばみんなから同情されて」

「そんなことないよ！」

言い返したが、志帆は氷のような冷たい目をしていた。三年間ずっと一緒にいて、こんな目で見られたのは初めてだった。なにか言わないと……と思いながらその目を前に声も出なければ身体も動かない。逃げるように下を向いた。

「卒業してやっと別れられると思ったら、あー清々する。二度と顔見たくないから帰ってきたら許さないから」

志帆は背中を向けた。

「じゃあね、雨野さん」

三年間呼ばれた「彰子」ではなく、「雨野さん」と苗字で呼ぶと、志帆は渡り廊下の扉を乱暴に開く。

バン！　と鉄の扉が閉じた音がした時は、もう志帆の姿はなかった。

彰子は床に散らばった花束や寄せ書きを前に、ずっと下を向いていた。横を通り過ぎる卒業生や在校生が怪訝そうな顔をしていたが、話しかけてくる人はいなかった。

しばらくして床に落ちた色紙を拾おうとしてしゃがんだら、ぽたりと色紙の文字に涙が落ちた。インクが滲んで彰子は自分が泣いていることにやっと気づいた。

（そっか、わたしは今、一生友達だと思っていた親友を失ったんだ）

（わたしは、ひとりになったんだ）

昨日まで笑って過ごした学校の景色が、涙の膜でぼやけた。もう締めることはない、制服のタイを握りしめて彰子は声を殺して泣いた。さすがに誰かが声をかけてきたので、そこから逃げるように学校を出た。家までどこをどう歩いたのかも良く覚えていない。

ただ、その日の夜にあった謝恩会には行かなかった。友達から家に何度も電話がかかってきたが、「頭が痛い」と言って母に断ってもらった。

二日後、彰子は家族と一緒に鎌倉に引っ越した。志帆は見送りに来てはくれなかった。

三

「わたしは志帆に守ってもらうことに慣れてたんだと思う」

隣の志帆の顔は見ずに、彰子はゆっくりと言葉を紡いだ。

「一年生の時に友達になってから、志帆は明るくて、友達もいっぱいいて、バレー部でも活躍してて、背も高くて美人で……いつもわたしの憧れだった。わたしは志帆が友達になってくれて嬉しかった。志帆みたいになりたいってずっとずっと思ってた」

それは偽りのない彰子の本心だった。

「小学校から一緒の子だっていたのに、いつだってわたしのことを優先してくれた。わたしね、もっとずっと志帆と一緒にいたかった。高校生になったら東京に買い物に行ったり、バンドのライブに行こうねって話したよね」

「あんたのお守りするのって、正直疲れたこともあったけどね」

「そうだったろうってわたしも今だと思う。でも、それでもわたしは志帆と一緒にいて楽しかった」

志帆の顔を今度は逃げずに見た。そうしてから彰子は頭を下げた。

「だからごめんなさい。わたしは自分のことばっかりで、志帆の気持ちを考えてあげられなかった」

「これさぁ」

声に頭を上げると、志帆は携帯の画面を広げていた。

「こんなの送られたら、あたしが迷惑するとか考えなかったわけ？」

「あ……ゴメン」

それを聞いた志帆は、「またすぐ謝る。そのくせ自分勝手」と言ったが、彰子は画面を見て嬉しくなった。そこには『脚大丈夫？　わたしは志帆のこと信じてる　彰子』と、彰子が送ったメールが表示されていた。そして……

「何笑ってんの？」

「うん……志帆も今どきガラケーだなって思って」

「それは……」

「ちゃんとわたしのアドレスを登録しておいてくれたんだね」

志帆は立ち上がると、背中を向けた。

彰子も自分の携帯を取り出した。ピンクのガラケーはもう色がかなりくすんでいるし、ボタンも緩ければ、バッテリーももたない。でも、誰に何を言われても彰子はこの携帯をずっと使っていた。

彰子は中学の時には携帯を持たせてもらっていなかった。志帆が中三の秋に携帯を買ってもらった時は羨ましくて、「わたしも携帯買ってもらったら絶対に志帆と同じのにするから。色違いでお揃いにしようよ。志帆が青だから、わたしはピンクね」「絶対、一番に志帆にアドレス教えるから」と、一方的に約束してしまった。それは、思春期にありがちな友達への独占欲で、今から思い返すと少し恥ずかしい。

高校に入学して携帯を買ってもらった時に、彰子は志帆の携帯にメールを送ったが、返事は返ってこなかった。無視されたことがその時は悲しかったけれど、志帆の携帯のメール画面「From」欄には、「彰子」の二文字が表示されていた。

赤城南面道路で遠目にライダーが携帯を手にしていて、それが青のガラケーだと彰子は気づいていた。

「嬉しい。ありがとう」

「約束したからね。でも、なにもずっと同じ携帯使わなくても良くない？」

「それは志帆だってそうだよ」

「というかさぁ、あんたからのメールを見た時に、間が悪くてそれを会の奴らに見られた。お陰であたしがあんたとつながっていると思われて大迷惑だわ」

「会って義貞公会？」

彰子は訊ねたが、志帆は背中を向けたままだ。

「ねえ教えて。義貞公会って一体何なの？　生品神社やわたしの家の義貞像と何の関係があるの？」

彰子はバッグから隼人に渡されたファイルを取り出した。そこにはこれまでに集めた写真や新聞記事が、残らず収められていた。「気づいたことがあるの」と、それを一枚一枚ベンチの上に並べた。

「十九体の義貞像で一体目が群馬会館に設置されたのは昭和五年。でも、残りの十八体は昭和十二年以降に造られている。わたしの家にあった二十体目も昭和十七年だった。つまり、誤導事件の後に造られたことになる」

志帆は無言だったが、彰子は構わずに続けた。

「それともうひとつ、群馬会館、M小学校、他にも隼人くんが調べた学校……わかった限り義貞像はすべて南の方向に向けて置かれていた。最初、これって鎌倉の方を向いているって思った。でも……」

「だから、早く戻りなって言ったのに」

志帆が溜息をついたのが背中越しでわかった。

「あんたは歴史になんて興味ないけど、頭いいからいつか気づくと思ってた」

「志帆……」

「彰子がさぁ、謝ることなんて最初から何にもなかったんだよ」

空を見るように志帆は上を向いた。それが、泣きたい時の癖なのを彰子は知っていた。

「彰子は義貞公会創設の目的ってもう知ってる？」

「うん……皇居前に義貞の銅像を建てることだって隼人くんが」

「そう、皇居前の楠木正成像と相対する……ううん、それよりも立派な騎馬像を建てることが、会の最終目的。だから、県内各地の銅像はすべて東京の皇居の方角を向いて置かれていた」

背を向けたまま、志帆はしゃべり続けた。

「昭和八年が義貞挙兵六百年記念に当たっていたから、会設立の機運は高まった。当時の群馬県知事も義貞公会に好意的だったこともあって、天皇の群馬行幸を終えたら本格始動するはずだった」

「隼人くんからもそう聞いた。でも、誤導事件で……」

「そう、すべてご破算になった。知事は引責辞任して、県の上層部も更迭されるか、自分から辞表を出したかした。設立間もない義貞公会は、これで事実上解散したってわけ」

志帆は「後任の知事は栃木県出身で、足利尊氏を敬愛していたらしいし。義貞顕彰に協力はしないでしょう」と続けた。

「誤導事件がいろんなものを狂わせた。おかしいよね、八十年以上も経っているのに、歴史に興味なんてない、しかも女のあたしと彰子でこんな話をしてるなんて」

「ねえ志帆、志帆は何なの」

彰子にはそれが一番気になった。

「志帆は……ううん、志帆の先祖は義貞公会と……誤導事件と何の関係があるの？」

その問いに志帆は黙った。蝉の声だけが変わらずに響く。

「これはわたしの勝手な推測だけど」

彰子はまた口を開いた。

「隼人くんと調べていろいろわかったことがある。誤導事件の後、責任者の本多重平警部は自決を図って、県知事も辞職した。他にも見城警部や車の運転手、桐生警察署長とか事件に関わった人が多く処罰された」

並べた資料の中から彰子が手に取ったのは、桐生駅前の行幸出発直前の写真だった。そこに写る、「桐生駅前から走り出そうとしているサイドカーに乗る警察官」の姿を、彰子は指先で撫でた。

「でも、どうしても納得できないことがある。本多警部は前日夜に先導の担当者の急病で代行を務めたっていうけど、仮にも天皇行幸だよ。直前に担当者が入れ替わるなんてあるのかな？　それにどれだけ調べても、本来の担当者の名前が出てこない。もしかして……」

「篠塚伊助《いすけ》……それがあの日、本当は先導車に乗るはずだった警察官の名前」

「篠塚って……」

「あたしの祖父。桐生行幸当時は群馬県警桐生署に勤務する警察官だった。当日の先導の担当者で、本当なら先導車に乗って桐生を案内するのが祖父の役目だった」

「急病っていうのは？」

「風邪ひとつひいたことないのが自慢だったよ、あたしのお祖父ちゃん」

振り返った志帆は、顔に寂しそうな微笑を浮かべていた。

「ところが、警備の応援に東京から特別警備隊の警部が派遣されてきた。同じ警察官でも、特別警備隊は『警察の花形』だから、誰も頭が上がらなかった。でも、次々と指示を変える人で現場は混乱した。そこの新聞に前橋行幸の予定が、変更されたって記事ない？」

「赤城山に登山したって話？」

「その日程変更もね、直前まで現場の警備隊には知らされていなかった。それで、幾つかミスがあったらしい。その警部は『これでは明日の桐生行幸が覚束ない』と言って、祖父を先導車から一方的に降ろして、替わりに桐生に地の利のない本多警部が代役になった」

彰子は徐々に自分の身体が震えてくるのを感じていた。「もう止めて」と喉の奥まで出かかったが、これは自分から聞いたことだ。意を決して志帆と向き合った。

「それで？」

「他に何人も警備の人間が前日に入れ替わった。そして御召列車が桐生に着いた直後、その警部は『念のために自分が先乗を務める』と、サイドカーに乗り、同乗者まで降ろして自分で運転して出発した。お祖父ちゃんは桐生駅前でそのサイドカーを見送った。その後、あの事件が起きた」

「その警部の名前は？」

「警察特別警備隊、雨野貴幸警部」

その名前を聞いた時、彰子は全身から力が抜け落ちるのを感じた。

雨野貴幸は昭和天皇の群馬行幸の警備を担当した。そして、桐生での行幸が「失敗」に終わるように仕向けた――これまで仮定でしかなかったことが、現実として志帆の口から語られた。

（なら、責任を取った人たちは全部お祖父ちゃんが……）

両肩に重荷を感じた気がした。それは歴史の重さか、それとも祖父の罪の重さなのか。彰子は目を伏せた。

「篠塚って元々は新田義貞四天王って呼ばれた、新田宗家の家来なんだってさ」

下を向いた彰子の頭の上に、志帆の声が響き続けた。

「お祖父ちゃんも会の一員だったけど、事件の後は会の人たちから散々に責められた。お祖父ちゃん本人も責任を感じた。本多警部のように自決しようと考えもした。でも、警察を辞めて生きる道を選んだ」

「どうしてそうしたの？」

「主要メンバーは去って、県や知事の協力が得られなくなっても義貞公会に残った人たちは皇居前への銅像建設を諦めなかった。それで作戦を変えた。まず、群馬県中の小学校に新田義貞の小銅像を建てる。それを、やがては全国へと波及させていく。そうして子供が大人になった時、義貞像建設の機運を高まらせようって」

「そんなことしたって……」

彰子が呟くと、志帆は自嘲したように笑い、形の良い額に手をやった。

「馬鹿だと思うよね。でも、本気だったんだと思う。群馬会館にあった銅像をモチーフにして、同じ形式の銅像を県内各地に作った。十九体まで銅像を増やして……でも、そこで太平洋戦争になった」

「戦時供出……」

「そう。義貞公会が折角増やした銅像は次々とお国のために撤去されて、鉄砲の弾に変わった。その頃ね、篠塚伊助は鋳物職人に弟子入りして修業していた」

「職人って？」

「自分の手で銅像を造るために。お祖父ちゃんの初めての作品が二十体目の銅像になるはずだった」

「それがわたしの家にある義貞像？　一緒にあった手紙だと、あの銅像は誰かから贈られたものらしいけど……」

「てっきり戦時供出されたと思っていたのに、まさか雨野警部に贈っていたなんてね」

「なんでうちのお祖父ちゃんにせっかく造った銅像を贈ったの？」

その行動の意味が彰子にはわからなかった。元は同じ警察官同士だから、連絡先を知ることはできたかもしれない。でも、志帆の祖父——篠塚伊助にとって警察を辞める原因となった雨野貴幸に、大切な「最後の一体」を贈る理由なんてないはずだ。

「なんにも聞いてないんだね」

志帆は、溜息混じりに言った。

「隼人の奴は何も教えてくれなかった？」

「隼人くん？」

今の話が隼人と何か関係があるのだろうか？　確かに彼は彰子の数倍歴史に詳しいが、この話を知っていたとは思えなかった。

「雨野って苗字じゃ気づきようもないかもしれないけど」

「苗字？　わたしの」

「中三の五月の連休にあたしが彰子の家に行った時のこと覚えている？」

「うん。修学旅行の班別行動をどうしようかって班のみんなも一緒に」

それはよく覚えていた。その月末に東北地方への修学旅行が予定されていて、志帆、それに同じ班の子たちが家に来た。当時、彰子の家は海北銀行の社宅に住んでいて、２ＬＤＫの部屋は東京ならともかく、群馬ではお世辞にも広い方ではないので、それまで友達を呼んだことはほとんどなかった。

でも、彰子の父のパソコンを使って旅行先のことを調べたいから――それが理由だった。

「あの時さぁ、真治くんの兜飾りが部屋に飾ってあったでしょう？」

「兜？　ああ、出してたかもしれない。最近は飾ってないけど、あれは確か……」

そこまで口にして、彰子は思い出した。

真治が生まれた時は京都住まいだったが、祖父が何でも特注とかいう兜飾りをわざわざ送ってきた。その前に彰子も雛人形の七段飾りをもらっていたので、父は「親父は社宅の広さをわかっているのか」とぼやいていた。

「大中黒?」

「あの赤糸縅《あかいとおどし》の兜は新田義貞の兜を模したもの。それに『大中黒《おおなかぐろ》』の家紋の旗があった」

「彰子の家の家紋よ」

「ああ……えっと……確か丸の真ん中に黒い太線が一本入ったデザインの……」

「あれはね、新田宗家だけが使える独占紋。それに名入れ木札の名前が『天野真治』ってなっていた」

「待ってよ、何言ってるのかわかんないよ」

彰子は、話についていけずに混乱した。

「赤い兜飾りなんてどこにでもあるし、家紋だってなんてことない単純なデザインだし、苗字はわたしの家は昔は『天野』を名乗っていたから、そっちが正式だって。わたしのお雛様にも『天野彰子』って入っているし」

「その話もあの時、ちょっと聞いたよね?」

「う、うん。よくわからないって返事したような……」

「もう一度聞くけど、新田義貞の子孫について彰子は本当に何も知らない?」

「それなら隼人くんから聞いてる。義貞は越前で戦死した時、子供は三人いたって」

「その三人の子供の嫡男が新田義顕。父親より先に越前金ヶ崎城で戦死したけど、義顕にはひとり息子がいた。義顕は城が落ちる前に、父の義貞から授かった短刀をまだ赤ん坊だった自分の子に与えて城から逃がした。元は後醍醐天皇が新田家に下された黒鞘の短刀を」

「短刀？」

思いつくものがひとつだけあった。それは今、彰子のバッグの中に入っていた。

「あ……」

あの短刀を見つけた時のことを思い出して、彰子は気がついた。どうして今まで気づけなかったのか、あまりにも自分が間抜けだった。

志帆の話した「新田宗家だけが使える」という「大中黒」の家紋。あの短刀の鎺にも「大中黒」の紋が入っていた。

気づいたことはもうひとつあった。大学の図書館で見つけた『新田義貞錦絵写真集』に描かれた稲村ヶ崎の海に太刀を奉じる義貞の絵にも、同じ紋の入った旗があった。

志帆の話は続いた。

「義顕の子を守って逃げたのは、金ヶ崎城を一緒に守っていた安芸《あき》国……今の広島県の領主・天野政《まさ》貞《さだ》。義顕の子を自分の領地まで連れ帰って、養子にして密かに育てた。短刀は新田嫡流の証である『護り刀』として、そのまま天野家に伝わった」

「嫡流の証の護り刀……」

「その子は後に天野顕政《あきまさ》と名乗って、子孫は戦国時代に毛利家に仕えた。明治になると東京に出て警察官になったらしい」

「じゃあ、わたしの家って……」

「明治の頃に苗字の漢字を変えたけど雨野家は新田義貞の嫡流。彰子は義貞の子孫になる」

「子孫って……あ……」

彰子は思い出した。あの中一の遠足で初めて隼人と話をした時、「雨野は新田義貞の子孫」と確かに言われた。

(隼人くんはあの時からそのことを知っていたの？)

でも、志帆の話を聞いてますますわからなくなったことがあった。

「じゃあ、何でお祖父ちゃん……雨野貴幸は桐生行幸を妨害したの？　義貞の顕彰をするのが義貞公会の目的なら、むしろ積極的に協力する立場なんじゃないの？」

「そんなこと、義貞公会の全員が彰子のお祖父さんに聞きたいでしょうね？　むしろ会の総帥にと望んだほどなのに、まさか義貞の直系子孫に妨害されたんだから」

「そうだよね……」

彰子は、ますます祖父の行動の意味がわからなくなった。

新田義貞の直系子孫なら顕彰運動の先頭に立ちこそすれ、それを拒否したばかりか、妨害する側に回るなんて普通はあり得ない。しかも、それに天皇行幸を利用するということは、警察官としても有るまじき行為だった。

それでも、彰子の胸に引っかかっている言葉があった。

『お祖父ちゃんは自分の使命は何があっても果たす人』

祖母の言葉通りなら、祖父の使命は義貞像設置の阻止だったことになる。でも、多大な犠牲を払い、大勢の人の人生を狂わせ、そんなことをして何の意味があるのだろうか。

話すことはすべて話し終えたのか、志帆はまた彰子の隣に座ると手にしたままでいたスポーツドリンクの残りを一気に飲み干した。

「でも、やっぱりわからないよ」

彰子にはまだ多くの疑問が残った。

「ずっと昔にわたしのお祖父ちゃんと志帆ちゃんのお祖父ちゃん……お互いの先祖が主君と家来だったとしても、義貞顕彰で道を違えている。なのに、せっかく造った義貞像を贈るなんて」

「それはあたしもわからない。お祖父ちゃんは誤導事件以来、義貞公会からずっと責任を負わされて苦しんでいた。会は戦後も顕彰運動をいろいろ画策したけど上手くいかなかったらしい。最後は寝たきりで、新田義貞の話ばっかりしてた。あたしが小六の時に亡くなったけど、もしも彰子と会ったらどんな顔したかなぁ」

そう言った志帆の横顔は泣きたくなるほど切なかった。その表情が消え、志帆は彰子の方を向いた。

「あの銅像を義貞直系の雨野貴幸に贈る。そこにお祖父ちゃんの信念があったんだと思う」

「信念……」

「それがたとえ、彰子のお祖父ちゃんの信念と違ったものだったとしても」

力強い口調で、志帆はそう言った。

雨野貴幸と篠塚伊助――お互いの先祖が主従だったふたりの運命は八十年以上前、この桐生の十字路で交差した。その道は生涯、交わることは無かった。

だけど時を経て、お互いの孫である彰子と志帆は、この山から桐生の街を見下ろしている。これは、祖父たちが引き合わせたものかもしれないと彰子は思った。

## 四

「ねえ、志帆」

彰子もミルクティーを少し飲んだ。

「修学旅行楽しかったよね。会津若松《あいづわかまつ》のお城でさ、みんなでちょっとずつお金出して弓を引いたじゃない、男子も一緒に。わたしなんて的の半分もいかなかったけど。あ、隼人くんが一発で的の真ん中に当ててビックリした。道場で弓を習っているって聞いたけど、ホントに上手いんだなーって思った」

「いきなりなに言い出すの、あんた？」

「うん。志帆がわたしの家の正体に気がついたのが五月だったら、それから卒業式まで約十ヶ月もあったよね」

「だから何よ？」

「卒業式の日までわたしたちずっと友達だったよね。わたしは転校生だからさぁ、これでも友達の変化には敏感なんだ」

志帆は目を逸らしたが、彰子は続けた。

「卒業式の日に、『帰ってきたら許さない』って言ったのは、義貞公会がわたしの存在に気づく前に、ここから遠ざけたかったから？」

「……」

「今日だって、メールには『鎌倉戻りな』って書いてあったし。『帰りな』じゃなくて。でも、これってわたしのこと、ここの人間だって認めてくれているからなんでしょ？　今でもわたし、志帆のこと友達だって思っていていいんだよね」

志帆はまた立ち上がる。少し左足を引きずっていることに彰子は気づいた。ベンチの前には手すりがあり、志帆はそこに手をつくと広がる桐生の街を眺めていた。

「高校に入って前橋から毎日桐生まで通って、学校帰りによくこの水道山でひとりで時間潰したんだ」

「バレー部は？」

「体験入部期間に膝痛めた。それで辞めた」

風が志帆の髪をなびかせた。

「彰子からメールが来たのもこの水道山だった。ホントはすぐに返事したかったし、会って謝りたかった。あたしだって同じ高校行って、もっとずっと彰子と一緒にいたかった」

「志帆……」

「ゴメン。あの日寂しかったのは本当はあたしの方。もう彰子に会えなくなると思うと、ああしないとあたしがあの場で泣いてた」

彰子も立ち上がると、志帆の隣に立って手を握った。こうして手をつなぐのはいつ以来だろうか。

強く握ると、志帆も手を握り返した。

(あの頃、願ったものはもう手に入らない)

あの日のことはなかったことにはならない。互いに傷ついたことも、傷つけたことも消えない。望んでも、もう過ぎた時間を一緒に過ごすことはできない。すべてが元通りになることはない。

(でも、わたしは志帆と……)

志帆がつないだ手を先に離した。ピンク色の切符を取り出すと、それを彰子に手渡した。

「東京までの乗車券。悪いけどその先は自分で買って」

「乗車券って?」

「彰子と仲直りできて良かった。でも、今はやっぱり鎌倉に戻りな」

「で、でも……」

「義貞公会の奴らは、彰子が群馬に帰ってきてからずっと行動を見張っている。目的は盗まれた銅像の替わりに、彰子の家の義貞像を生品神社に設置すること。それから、義貞直系の雨野の血族を義貞公会の総帥に据えること」

「わ、わたしにそんな気なんてないよ!　お父さんにだって真治にだって……」

「彰子たちの意思なんて関係ない。忘れないで。義貞公会はまだ皇居前に義貞像を建立する夢を諦めていない。新田義貞の顕彰こそ正義だと信じている」

「なら、志帆も一緒に行こうよ」

彰子は志帆の腕を掴んだ。

「志帆にあんな危険な真似させるような人たち、わたしは絶対に許せない。だから……」

だけど、志帆は小さく笑うと首を横に振った。

「お祖父ちゃんが一生を捧げた義貞公会をあたしは裏切れない」

「それはわかるけど。だけど……」

「大丈夫。それにさぁ、学生の彰子と違ってあたしは明日も仕事があるの。准看は扱き使われて大変なんだから。朝イチから洗濯させられるわ、先輩のお昼のお弁当まで買いに行かされるわで」

志帆は彰子の頭をポンポンとした。中学の頃はこうされると、子供扱いされているようでちょっと嫌だったが、今は少し落ち着けた。

「隼人くんはどうしたんだろう？」

彰子にはもうひとつ、大きな気がかりがあった。

隼人とは、末広町交差点で別れて以来会っていなかった。この水道山に逃げてから、彼の携帯に電話をかけたが、「おかけになった電話は……」と通じなかった。電源が切られているのか、あの状況だと携帯そのものが壊された可能性もあった。

「隼人くんはわたしを逃がすために身替りになったんだよ。それを放ってはおけないよ」

「なぁに、やっぱりあたしじゃなくって隼人が心配なのが本音？」

「ち、違うよ！　でも……」

慌てると、志帆は「冗談よ、ジョーダン」と笑った。

「隼人なら多分大丈夫。あたしはあいつとは小学校から一緒だったけど、ああ見えてしぶといから。

堀口も警察官なわけだし、これ以上手荒な真似はしないだろうし……それに
「それに……なに？」

「う〜ん……それは隼人自身の口から直接聞きな。隼人もただ歴史好きってだけで、この件に首を突っ込んでいるわけじゃないし」

志帆が意味深な表情をしたので、彰子はおそるおそる訊いた。

「ねえ、隼人くんと義貞公会って……」

「ああ、それは無関係だから安心していいよ」

「う、うん……」

「まあ、どうにも掴みづらいところはあるけどね。その上に何かというと自分で抱え込もうとするし。おまえそこまで頼りにならないだろう！　ってのに」

「よく見てるんだね、隼人くんのこと」

「勘違いしないように。あたしのはただの腐れ縁。大体あいつ、あたしを本気で中央分離帯にぶち当てようとしやがって。彰子さえ隣に乗っていなかったら、フラッシュバンを車に投げ込んでやったのに。あれは絶対にあたしだって気づいてたぞ」

「そんなことない……と思う」

本人は「避けてやるつもりだった」らしいがあの時は狂気じみていた。彰子もそこは彼を擁護する材料に乏しい。

「そういえば、彰子はよくバイクがあたしだって気づいたね。一応、女に見えないようなライダース

ジャケット選んだんだけど」

「志帆は昔から大人になったらバイクに乗りたいって言ってたし。それに窓から足が飛び込んできた時」

「足？」

「ブーツがレディースだなぁって。それで……」

「なにその女の敵は女みたいな話。彰子しか気づかないって、そんな事」

志帆は呆れ顔をして笑った。

「そうだ志帆、足は平気？」

「ん？　ああ、別にこのくらいどうってことは……」

「見せて」

彰子は「いいって」と首を振る志帆を、またベンチに座らせるとブーツを脱がせた。志帆は「痛っ」と顔をしかめた。靴下を脱がせるとやっぱり足首が赤くなっていた。

バッグから彰子は薬専用ポーチを取り出した。頭痛持ちなので常備薬をいつも持ち歩いていたが、今回は遠出なので念のために救急用品も一式持ってきていた。

「少し捻ったかな？　腫れはないけど湿布貼って包帯で固定しておくね。バイクは運転できると思うよ」

「準備いいね、相変わらず」

「わたしは中学で保健委員だったしね」

「今はあたしが看護師なんだけどなぁ」

こんな時に不謹慎だとは思ったけど、なんてことない会話が彰子は嬉しかった。義貞像のことも義貞公会のことも忘れて、一日中志帆とここで話をしていたかった。

## 五

それからしばらく話をしたが、彰子は一旦鎌倉へ戻ることにした。

これ以上自分がここにいたら、志帆が余計に迷惑するかもしれない。隼人のことが気になったが、

「様子がわかり次第すぐに知らせるから」と、志帆は約束してくれた。

志帆のバイクの後ろにまた乗って、水道山下の上毛電鉄《じょうもうでんてつ》の西桐生駅まで出た。上毛電鉄と両毛線は前橋までほとんど並走しているが、両毛線桐生駅の方だと義貞公会のメンバーが見張っているかもしれない。相手を欺くには西桐生駅の方が良いと志帆が提案した。

西桐生駅はマンサード屋根の洋風建築で、昭和三年（一九二八）築の趣きある駅舎だった。ちょうど時刻は四時を回り、高校生の下校時刻と重なった。駅は桐生から前橋方面へ向かう学生で、いくつも制服が混じって溢れていた。

「途中の赤城駅で東武鉄道に乗り換えれば、浅草に出られるから。そこから鎌倉まで行きなよ」

「うん……」

「そんな顔しないの。今度はあたしがこのバイクで彰子のところまで遊びに行くからさ」

志帆はバイクのタンクを軽く叩き、「早く行きなよ」と急かした。発車時刻が迫っていたので、彰子は後ろ髪を引かれる思いがしたが、「またね、絶対だよ」と言った。

「バイバイ、彰子」

志帆はバイクの横に立って手を振った。学校から帰る時——徒歩通学の彰子と、自転車通学だった志帆は下校途中の別れ道ではいつもこうだった。ふたりの道が別々になるまで、志帆は彰子につき合っていつも自転車を押して歩いてくれた。

改札をくぐると、すぐ目の前がホームだった。発車を告げるブザーが鳴る中で、彰子は一番線に止まっていた銀色の電車に乗った。

座席は下校する高校生で埋まっていたので、ドアの前に立って手すりに掴まった。

でも、自分がいれば混乱のもとになるのは確実だ。それに鎌倉の母が、彰子の捜索願でも出したら話がもっと大事になってしまう。

(本当にわたしはこのまま家に帰ってしまっていいの?)

ドアが閉まって電車がホームを離れる——その十秒後、携帯が鳴った。

「隼人くん?」

液晶画面に表示されたのは隼人の名前だった。彰子は車内であることも忘れて電話に出た。

「もしもし、隼人くん? 今どこに……」

『彰子、早く行きな!』

電話の向こうから聞こえたのは女性の声だった。それもたった今、再会を約束して別れた大切な親友の。

「志帆？　もしもし、志帆？」

何か騒ぐような声、そして音が聞こえた。「大人しくしろ！」と怒声が聞こえ、鈍い音がした。数秒の沈黙が流れて、別の声がした。

『雨野彰子さんですね』

聞き覚えのある低い声に、彰子は背筋がゾクッとした。

「太田署の堀口さん……」

『ええ。先程は話が途中になり失礼しました』

はじめて聞いた時も、恐怖にも似た悪寒を感じた。特徴的な低音で彰子は身体が強張ったが、電話の向こうに声を強めた。

「どうしてあなたが隼人くんの携帯を持っているんですか？」

『なに、彼から少しの間お借りしているだけですよ』

「お借りって……隼人くんに何をしたんですか？」

『我々は何もしておりません。ああ、ですが速度超過と信号無視は減点対象になりますが』

「……やっぱり、あなたとあの時の銀色の車は仲間ですね」

『頭のいいお嬢さんだ』

電話の向こうの声が、更に低くなった。

『もっともそれでこそ、義貞公の御直系に相応しいというもの』

「堀口さん、隼人くんはどうしているんですか？　それと志帆……篠塚志帆さんがそこにいますよね」

『ええ、彼女は少しばかり暴れたので今は眠っていただいた』

「彼女はわたしの大切な親友です。何かあったら絶対にあなたを許しません」

『それはあなた次第ですよ、彰子姫様』

「姫様……？」

『あなたはもうご自分の血脈をご存じのはずだ』

「わたし次第ってどういうことですか？」

『まず、あなたとあの由良の若造がどこかに隠した、『最後の義貞像』を私たち義貞公会にお引き渡し願いたい。あれは元々、義貞公会で作成させたものですので』

「あの若造って隼人くんのことですよね。銅像の場所を知らないなら……隼人くんはあなたと一緒にいるわけじゃないみたいですね」

隼人は本当に銅像の隠し場所を知らないが、彰子は鎌をかけた。

『本当に頭の良いお嬢さんだ』

賛辞の言葉とは裏腹に、電話からは舌打ちの音が聞こえた。

『さすがは新田宗家の末裔……そして、あの小賢しい真似をした雨野貴幸殿の孫娘殿と申し上げておこうか』

「銅像をそちらに引き渡せばいいんですね」

これはむしろ、彰子にとっては願ってもない取引条件だった。あの銅像を大切に思っている人には申し訳ないが、それで志帆を助けられるのなら好都合だ。

『あとひとつあります』

電話口から、微かに笑い声が漏れた。

『あなたは義貞公の護り刀を所持しているはずだ』

「護り刀？」

『大中黒の紋が入った短刀をお持ちのはず。それもお引き渡し願おう』

「あの短刀は……」

言葉に詰まった彰子に、堀口の冷徹な声が聞こえた。

『刻限は今日の午後八時。場所は生品神社でお待ちしています』

「生品神社で？」

『くれぐれも遅刻などされないように。でないと、あなたのお友達もどうなるかわかりませんよ』

「志帆だって義貞公会の一員でしょう？　仲間を人質にするような真似をして恥ずかしくないんですか？」

『我らは軍神義貞公の志を継ぎ、悠久の大義を生きる者。仲間の命を惜しんだりはしない。姫様、お忘れなきように』

堀口の声が途切れた。

「もしもし、ちょっと！」

電車は鉄橋に差しかかっていた。近くに座っている女子高生たちの笑い声が、ずいぶんと遠くに聞こえるような気がした。

六

（しっかりしろ！）

彰子は何とか自分自身を奮い立たせようとしたが、身体に力が入らない。電車のドアにすがるようにその場にしゃがみ込んだ。

「ちょっと、あんた大丈夫？」

それを見た子供連れの女性が、彰子を立たせると席に座らせてくれた。貧血か何かと思ったのか、「困ったねぇ。この電車ワンマンカーだから車掌さんいないし」とか言っていたが、彰子は「大丈夫ですから」と首を横に振った。これは車掌に相談して解決できる問題ではなかった。

（どうしよう、どうしよう、どうしよう）

堀口相手に懸命に虚勢を張ったが、今は頭の中にはその単語ばかりが渦巻いていた。

まず警察に連絡を考えて、携帯の「１１０」を押しかけたが、途中で指を止めた。堀口は太田署の警察官だ。警察は敵かもしれない。

父も母もこの件では、何の頼りにもならないことはわかりきっていた。真治に至ってははっきり言って論外だ。

誰か……そう考えても、頭に浮かぶのは隼人と志帆の顔だけだった。彰子は自分がどれだけふたりに頼り切りだったのか、改めて思い知った。

（わたしなんていつもそうだ。中学に転入学した時から）

彰子の心を開いていてくれたのは隼人だ。ずっと側にいてくれたのは志帆だ。ふたりがいてくれなかったら、この群馬も転校生の彰子には、「通り過ぎた土地」のひとつでしかなかったはずだ。

（志帆は捕まった。隼人くんもどうなったかわからない）

身体の震えが止まらない。ひとりでいることが怖くて怖くて堪らない。鼻の奥がツンと痛い。少しでも気を緩めたら、ここで泣いてしまう。

（わたしなんて結局その程度の人間だ）

転入学して隼人が声をかけてくれるまで、そして志帆に絶交されたあともずっとひとりで泣いていた。強気なことを言ったり、自由に振る舞えていたのはふたりに対する「甘え」だ。本当の自分は、転入学翌日にフランス語をからかわれて泣いた時から、何も成長していない弱虫だ。

（しっかりしろ！）

彰子は自分で自分の頬を叩いた。

（弱虫でも泣き虫でもいい。ふたりを助けないと。それは今、わたしにしかできない）

彰子はバッグの中に手を入れて、一番底にあるあの短刀を刀袋の上から握った。

（この短刀を渡して銅像の隠し場所を話せばいいの？　それが唯一の解決法なの？）

迷う彰子の手に小さな何かが触れた。取り出すとそれは今朝、隼人からもらったタンポポをあしらったヘアピンだった。また涙が出そうになったが、彰子はあることに気づいた。

ヘアピンの裏側の部分になにか線のようなものがある。最初、傷かとも思ったが明らかに意図してつけられたものだった。

「数字？」

それは尖ったものでつけたらしく「36―1」と読めた。これは隼人からもらったものなので彼がつけたとしか思えない。

(隼人くんがつけたのなら絶対に何か意味があるはずだ)

数字を引けば三十五になるから、この数字に意味があるのか？　それともふたつの数字に何かあるのか。真ん中の横棒のマイナスは……

「あ……」

彰子はファイルを取り出すと急いでめくった。隼人が集めた新聞記事、論文、そして史跡の写真などが数枚……

「この写真って」

他の写真に紛れて入っていたのは彰子の大切な、宝物の写真だった。遠足で隼人が撮ってくれた「貴重な三十六枚の一枚」と言っていた、中学生の彰子と義貞像の写真だった。この写真は家に置いてきたのでここにあるはずがない。フィルム写真なのでネガを持っているとしたら、この写真を撮った隼人しかいない。そして「36―1」という意味は彰子と隼人にしかわからない。

この写真になにかあるのか……彰子はまず表を見て、裏にひっくり返した。

「地図……？」

写真の裏には手書きで地図らしいものが書かれていた。線路と駅名、そこから大まかに道。その中に一ヶ所、赤いペンで手書きの丸印がつけられていた。赤城山南麓の山間に少し入ったところの、お寺を示す「卍」マークのすぐ後ろ側に、その印は書き入れられていた。

地図が示す地点は彰子が一度も行ったことのない場所だったが、上毛電鉄の路線からは遠くない。バスは通っていないようだが、近くの駅から歩いていけない距離ではなかった。駅の名前は……。

車内の路線図を見た。次はもうその駅だった。

迷っている時間はない。彰子は写真を片手に席を立った。

## 七

上毛電鉄新川《につかわ》駅は単線のホームに簡素な駅舎だけの無人駅だった。

降車客は彰子だけだった。電車が走り去ると急に不安が胸に込み上げてきた。

もう時刻は四時半を回っていた。昨日は夕方になっても暑かったが、今日は長袖のブラウスでも肌寒く感じる。バッグからロングカーディガンを出して服の上から羽織ったものの、それでもまだ寒い。

写真の地図を改めて見ると、丸印の場所まで直線距離で約一キロ半くらいらしい。もっとも道は曲がりくねっているようなので、もっと歩くことになりそうだった。

誰かに道を聞きたいがそれもできない。桐生織物記念館でのことを考えれば、どこに義貞公会の目が光っているかわからない。自分ひとりの力で、地図の赤丸の地点を目指すしかなかった。

駅前には地元の商店や信用金庫があったが、少し歩くと住宅地になり、それもすぐに抜けた。山間に入ると道は細くなり、両端は生い茂った草が押し出している。息苦しくなるほどの圧迫を感じた。五時を過ぎると周囲の景色が茜色に染まる。人家も途切れ、物音ひとつしない静謐の赤い道が恐怖を募らせた。

この進んでいる道が本当に正解なのかどうか、それさえもわからなかった。様々な考えが頭を過る度に、彰子はそれを打ち消して必死に足を動かした。

（もしも、これがわたしを誘き出す罠だったら？）

（もしも、隼人くんが義貞公会と裏側でつながっていたら？）

（もしも、志帆が捕まったというのが狂言だったら？）

（もしも、ふたりとも最初からわたしのことを騙していたとしたら？）

打ち消しても振り払っても、それはまた頭に浮かんだ。

考えて見ればふたりと彰子の間には、中学の同級生という以外に接点は何もない。彰子がこの土地で過ごした三年間よりも、ここに来る前の、そして去ってからの時間の方がずっと長い。

（ふたりともわたしの大切な人。でも、ふたりにとっては？）

（通り過ぎていっただけの転校生としか思われていなかったら？）

特に隼人にはおかしな点はいくつもあった。義貞公会のことをまったく知らなかったとは思えないし、誤導事件だって同じだ。何より初めて会った日から、彰子を新田義貞の子孫と呼んだ。

（でも、わたしはもう決めた。この道の先に何があっても後悔しないって）

右足の踵がもうずっと痛い。きっと靴ずれでも起こしているのだろうが彰子は歩き続けた。

いつの間にか道は舗装もされていない、勾配のきつい山道になる。この道だと自動車はギリギリ通れるかどうかという幅しかない。

夕日が色を失い、薄暗さが増す中で目の前に小高な森が現れた。そこに吸い込まれるように石段があり、その上に建物の屋根が見える。ここがお寺なのだろうが、寺名を示すようなものは何もなかった。

道の脇には古い木製電柱が立っていた。電柱があるなら人が住んでいる可能性はあるが、電線が大きく垂れ下がっている感じを見る限り、あまり期待は持てそうにない。

電柱には住所表記のプレートが取りつけられていた。半分欠けていたが、地名はかろうじて読めた。

「十三塚……？」

いかにもテレビの怪奇特番に出てきそうな地名に、彰子は身体が強張った。でも、ここまで来てもう引き返すことはできない。覚悟を決めて石段を上る。振り返る方が何倍も怖い。それなら前を向いて進むしかなかった。

石段を上がると、そこには小さな古いお堂があるだけだった。その前に立って彰子は、どこか懐かしいような不思議な感覚にとらわれた。自然とお堂に向かって両手を合わせた。

ちりん

鈴の鳴る音に彰子はおそるおそるそちらの方を見た。

「……猫？」

白の毛色で背に黒模様の、赤い首輪をしたその猫は、「にゃあ」と一声だけ鳴くと、お堂の横に走って消えた。

何かその猫が「ついておいで」と言っているような気がして、彰子はお堂の横に回った。そこは夏草が伸びた草地だったが、その真ん中だけは人の往来を示すように草が生えていない。

お堂の真裏まで回ると、薄闇の中に何か横一列に立っている。中央には下から四角、円形、三角、半月型、団形の石を順に積み上げた巨大な石塔があった。その左右にはそれよりも小さいが、同じ形をしたものが幾つも並んでいた。

「五輪塔……誰かのお墓？」

歴史には疎いが、鎌倉暮らしも長いのでさすがに知っていた。「五輪塔」は中世に流行した墓石の形だった。

五輪塔は長年風雨に晒されたと見えて、何基かは朽ちていた。十三塚の地名の由来はおそらくこの五輪塔群から来ているのだろうが、ここで正確な数を数えるだけの勇気はなかった。

「何なの、ここ……」

もう怖くて、今すぐここから逃げ出したい。でも、地図がこの場所を示しているのなら、ここに手がかりくらいあるはずだ。何か光源になりそうなものはないかバッグの中を探したが、生憎と携帯電話しかない。仕方なく液晶のか細い灯りで、中央の五輪塔を照らした。

塔の中心に位置する円形部分に目を凝らす。表面には何もないと諦めようとした時、それはぼんやりと光った。

(え……?)

彰子はもう一歩、五輪塔に近寄った。刻んであるというよりも、一瞬だけ浮かび上がったように見えたものは、丸の中央を大きく塗ったような紋だった。

「これって……わたしの家の家紋?」

「そう、おまえの家の家紋で新田氏の紋である大中黒だ。そしてこの五輪塔が新田義貞の眠る場所だ」

後ろからした声に、彰子は心臓が止まるかと思った。

「……隼人くん」

振り返ると、夏草の中に隼人が立っていた。

「正直、半分は諦めていた。でも、よくヘアピンの数字に気づいてここまで来てくれた」

「遅いよ!」

涙声になるのが、自分でわかった。

「無事なら無事で、連絡くれてもいいじゃん。わたしが、どれだけ心配、したかぁ……」

「携帯は取られるわ、カメラは取られるわで。車に引きずり込まれたけど、信号で止まったところで逃げ出してやった。だけど、あいつらを撒くのに苦労して」

隼人は状況を説明していたが、彰子は聞かずにそのまま彼に抱きついて胸に顔を埋めた。

「お、おい、雨野?」

「もう、なんなんさぁ……でも、無事で良かったぁ」

「心配かけた。悪かった」

「って隼人くん、怪我してる！」

身体に触れてはじめて気づいたが、彼のテーラードジャケットの裾は破れて、ジーンズも膝が擦り切れていた。肘には血が滲み、右頬も裂傷が痛々しい。

「大したことない。車から逃げる時にちょっと無茶しただけだ」

「手当しないと。でも、傷薬はあるけど包帯は使っちゃ……」

言いかけて、彰子は重要なことを思い出した。

「志帆！　どうしよう隼人くん、志帆があの義貞公会の堀口って男に捕まったって。わたしに生品神社に八時までに来いって」

「篠塚のことは俺も把握している。堀口にとって篠塚は兵隊だからな」

「兵隊？」

「義貞公会には序列がある。新田一族の末裔を名乗る者が上位に、郎党の子孫は末席に。篠塚家は郎党筋の上、誤導事件の責任を負わされている。あいつも義貞公会幹部の言う通りに動くしかなかったんだろう」

「言う通りって……志帆はそんな子じゃないよ」

「死んだ祖父さんが大好きだったんだよ、あいつは。俺も小学生の時に会ったことがあるから知っている」

隼人は小さく息をついた。

彰子は彼に抱きついたまま、ジャケットを握る手に力を籠めた。

「隼人くんに怪我させるし、志帆に無理強いさせた上に酷いことまでするし、うちの蔵から銅像盗もうとするしぃ」

また、声に涙が混じった。

「みんなわたしの大切なものなのに。それを大義だか正義だかわけのわかんないこと言って、すごく傷つけて……」

「雨野、落ち着け。後のことは俺たちに……」

「……って、中学の頃ならここで泣いてたけど」

ジャケットから手を離すと、彰子は涙を拭って隼人の顔を見据えた。

「もう、絶対に許さない。あんな奴らに負けてたまるか！　志帆はわたしが絶対に助け出す。義貞像だって護り刀だって絶対に渡さない！」

「よく言ったねぇ。さすがは義貞公の御直系。御宗家の姫様だ」

隼人の後ろから声がした。そこには見覚えのある小柄な女性が、数人の男性を後ろに連れて立っていた。

「心に一振りの刃を立てよ。女と謂えどもそれが新田の、坂東武者の心意気だ」

「瑞子さん？」

その人は桐生で会った、織物記念館販売所の瑞子だった。

彰子は内心で身構えた。同じ織物記念館の大井田は義貞公会の一員だった。この瑞子も同じ可能性がある。そして隼人と一緒に現れたが、あの時にふたりは知り合いのような素振りはひとつも見せなかった。

でも、彰子はまた隼人のジャケットを握った。彼のことは何があっても信じると決めていた。

そんな彰子の様子を見て、瑞子は穏やかに皺の多い顔を緩めた。

「郎党冥利に尽きるねぇ、隼人」

「おい、祖母《ばあ》ちゃん。いい加減にしろ。雨野が混乱する」

「ば、祖母ちゃんって?」

その隼人の言葉の方がむしろ彰子を混乱させた。彼は少し決まり悪そうに左手で髪にさわった。

「ああ、俺の祖母の由良瑞子。暇に任せて織物記念館でパートしている。時給は……」

「余計な話をするんじゃないよ」

瑞子は笑顔のまま、孫らしい隼人を遮った。彰子はどう反応していいか困ったが、瑞子の前に自分から進み出た。

「あの、隼人くんのお祖母さんなんですか？　ご挨拶が遅れました。雨野彰子と申します」

隼人は「おい、今更挨拶はいい」と突っ込んだが、瑞子は笑いながら頷いた。

「悪かったねぇ。本当はあの場であなたには他にも話せれば良かったんだけど、あそこは義貞公会に見張られていてね。それにしても、孫が不甲斐なくて怖い思いをさせて」

「おい、祖母ちゃん。不甲斐ないは酷くねぇか」

「いえ、わたしの方こそ何で隼人くんが、瑞子さんのところに行けと言ったのかやっとわかりました」

隼人は文句を言っていたが、彰子は頭を下げた。あの交差点で襲われた時、隼人は瑞子のところに逃げろと言った。その通りにできていれば、事態がここまで混乱することはなかったはずだ。

「今回の……いえ、誘導事件から一連のことは、元々はわたしの祖父の雨野貴幸が引き起こしたことです。新田宗家の末裔としてみなさんにはご迷惑をおかけしたことをお詫び致します」

「おや、篠塚の志帆ちゃんから話はあらまし聞いたみたいだね」

「志帆のことを知っているんですか？」

「そりゃあ、この隼人と小学校から同級生だからねぇ。おしっこ漏らして泣いてた頃から知ってるよ。

彰子様、あなたのことも」

「わたしのことも？」

「中学の頃ね、この子はあなたの話ばかりしてね。私の息子夫婦が離婚して私がこの子を引き取ったんだけど、寂しかったのかねぇ。学校の話というと今日は雨野が、雨野がって……」

「わたしは隼人くんとは席が隣のことが多かったので」

「ああ、それは隼人が席替えのクジに細工したらしくってね」

「おい、祖母ちゃん、祖母ちゃん！」

隼人は大声を出した。

「祖母ちゃんこそ余計なこと言うな。そこの五輪塔の下に埋めていくぞ」

「やってみな。生憎と私はあんたの嫁がひ孫を産むまでくたばる気はないよ」

「あ、あの！」

彰子は話に割って入った。今が何もない時ならこのままやり合っているふたりを見ていたいが、そうもいかない状況だった。

「それよりも、生品神社の志帆を助けないと」

「わかっている。義貞公会の奴らは今回は一線を越え過ぎた。元は共に新田家に仕えた仲間だが許してはおけない。打てる手はすべて打った」

隼人はそう言ったが、彰子には不安があった。

「でも、相手は警察で……」

「警察官なのはあの堀口って男だけで、他はただの義貞公会のメンバーだ。最初におまえの家に行った時からな」

「どういうこと？」

「太田署に調べは入れたが今回の蔵の泥棒はおろか、元々おまえの家の銅像捜査の命令も出ていない」

「それじゃあ、最初から騙されていたってこと？」

思い返してみれば家にやって来た警察官の中で、警察手帳を見せたのは堀口だけだった。任意と言って捜査令状の提示もなかった。彰子は悔しさに拳を握った。

隼人は瑞子の方を向き直った。

「集められるだけの人数は集めた。それでも向こうの方が多いだろうが、何とか押えてみせる」

「あんたに任せて大丈夫かい？」

「由良家の主は俺だ。これからこの五輪塔を守るのもな」

「言うようになったねぇ。なら、彰子様を守ってこの事態はあんたが治めな。今日は八月十七日だ。亡き義貞公もこの日に一族郎党が争うのをお望みではないよ」

「隼人くん、わたしも行くよ」

彰子はふたりの顔を交互に見て口を開いた。

「わたしには新田義貞がどんな武将かわからない。祖父の雨野貴幸の真意もまだ知らない。でも、父も弟も何も知らない。だったら今の雨野の……ううん、新田宗家の棟梁はこのわたし。新田に仕える者たちが、自分勝手に正義を名乗るのを見過ごせない」

「雨野……俺はここに来れば、おまえだけは無事で済むと思ってヘアピンに細工したんだけどな」

「さっきも言ったでしょ。わたしは絶対に志帆を助ける」

「おまえなぁ……」

彼は困った顔をした。

「彰子様。これは遊びではありません」

口を開いたのは瑞子だった。

「ここにいる隼人や我が家の者たち、それにあなた様も命を落とすやもしれません。そのお覚悟があなた様にお有りですか」

「そうはなりません」

彰子は振り返る。そこに立つ五輪塔は七百年の風雪に耐え、朽ちてもその姿を残している。この主の心の内を、秘めていた想いは彰子にはまだわからない。でも……

「士を失してひとり免るるは我意にあらず。わたしはこの新田義貞の最期の言葉に違和感がありました。でも、義貞はこう続けたかったんじゃないでしょうか。自分は死なない、だから部下も誰も死なせない。皆でもう一度故郷に帰って赤城山を見よう……って」

「隼人、表にあんたの車を回させてある」

突然、瑞子は声を張った。

「彰子様をお乗せしな。生品神社までなら一時間あれば着く」

「祖母ちゃんはそれでいいのかよ？」

「棟梁の御決断が下った以上、あとはそれに従って稲妻の如く敵を討つ。それが新田の流儀だ」

「了解」

短く応えて隼人は、少し離れたところに立っていた男たちに向かって叫んだ。

「棟梁の御命だ！　急いで生品神社に向かう」

誰もが、一斉に駆け出していく。

「俺たちも急ごう。時間がないから話は車の中だ」

「うん」

彰子は瑞子にお辞儀をした。先に走り出した隼人を追いかけてお堂の前で追いつくと、石段を下りながら訊ねた。

「志帆を助けてこの事件が全部終わったら、隼人くんや瑞子さんのことを教えて。隼人くんたちが一体何者なのか」

「悪かったな、黙っていて」

「今日は八月十七日……あの義貞像が造られた日。さっき瑞子さんの言葉を聞いて、わたしにもやっとこの日が何の日かわかった。どうして、この日に合わせて隼人くんがわたしをここに呼んだのかも」

「俺もひとつ約束する」

隼人は前を見たまま言った。

「俺は相手が義貞公会だろうが誰だろうが、おまえには指一本触れさせない。必ず守る」

「それはさっき言っていた由良家の主として、宗家のわたしを守ってくれるという意味？」

「それもある」

「それも？　なら、そうじゃない方が聞きたいな。わたしも隼人くんに言いたいことがあるの」

石段の下には隼人の車が止められていた。桐生駅前の駐車場に止めてあったはず……と思ったが、瑞子の仲間の人が移動させたのだろう。

車の横にはさっき走っていったひとりが立っていて、手には弓を持っていた。隼人はその弓を受け取ると、弦の具合を確かめている。この弓を使う気なのかと思うと、急に緊張感が増した気がした。

彰子は先に助手席に座りかけて、一度車から降りて後部座席のドアを開けた。車内には荷物が――スケッチブックやキャリーバックもそのままだった。彰子は画材道具を入れたリュックの中から、「あるもの」を探した。運転席に座った隼人が大声を出した。

「おい、時間がないんだ。早くしろよ」

「待って。うん、もういいよ」

助手席に座った彰子が手にしたものを見て、隼人は怪訝そうな顔をした。

「それで何する気だよ」

「ちょっとね」

彰子はバッグを開くと、黒鞘の短刀の入った刀袋を探した。

固いものが指先に触れた。それはここへ導いてくれたタンポポのヘアピンだった。

隼人がキーを回すと、独特のエンジン音が夜を切り裂く。

彰子はヘアピンを自分の髪に止めた。

# 第六章　生品神社

# 一

桐生から生品神社へは渡良瀬川に沿って太田まで下り、県道二号線を西へと向かう。

戦前の社格を表す「縣社《けんしゃ》 生品神社」の石柱を右に折れると、神社に通じているのは田園の中の一本道で他に道はない。県道近くの住宅の灯りが遠くなり、やがて行く先にこぢんまりとした森が見えた。

この一帯は中世には新田荘と呼ばれ、新田氏の本拠地だった。

元弘三年（一三三三）五月八日、新田義貞は生品神社の社前にて後醍醐天皇の綸旨を掲げ、鎌倉幕府倒幕を祈念して挙兵した。この時、義貞に従った主だった新田の一族郎党は、百五十騎と『太平記』は伝えている。

挙兵した義貞は一気呵成に鎌倉幕府を滅ぼしたが、その後は各地を転戦し続け、ついに生きて再びこの地に帰ることは無かった。

日が落ちてから湧き出した雲が月を隠す。

神社まで五十メートルほどのところで、彰子は車から降りた。

車は反転して元来た道へと走り去る。エンジンの音が聞こえなくなると、周囲は完全に静寂に包まれた。

生品神社の入り口には朱色の鳥居が立っている。

新田氏の没落後、神社は地元の人々が村の社として長年護り続けたが、「国威発揚」の空気の中で執り行われた、昭和八年の「新田義貞公挙兵六百年祭」では、式典の中心的な役割を果たした。社格が「村社」から「縣社」に格上げされ、大社殿を建てる計画もあったらしい。

終戦後は再び町の一神社となったが、華族、軍人、政治家によって建立された無数の石碑が社内に残る。それは新田一族さながらに、この神社が翻弄された歴史を今に伝えるよう、物言わず星明りの中に立ち続けていた。

彰子は生品神社の鳥居をくぐって足を止めた。

このちょうど正面に義貞像が置かれていたが、今は台座だけが残り無惨な姿を晒していた。

境内を照らすのは星明りと常夜灯の青白い灯りだけ——台座の脇にはスーツ姿の男が立っていた。彰子の前で常に見せていた紳士然とした表情は今はない。口に咥えていた煙草を一息吸って地面に捨てる。革靴の踵で燃え残った火を踏み消すと顔を向けた。

「ほう、約束の時間通りだ。さすがは義貞公の御直系。肝が据わっておられるな」

彰子は境内へと足を踏み入れた。その途端、堀口の表情が変わった。

彰子は巫女の装束に身を包んでいた。普通の巫女と大きく違うのは、千早も袴も黒に近い鈍色だということだ。何より異様に見えるに違いないのは、顔に朱塗りで白髭の天狗面を付けていた。堀口は眉を潜めた。

「これは彰子様。わざわざのお越し恐悦ですが、それはなんの趣向ですかな？」

「御存知ありませんか？」

天狗面を外すと、夜の冷気が肌に触れた。

「新田家は義貞の昔より山に住まう天狗神を信仰しております」

「確かに義貞公の鎌倉攻めでは赤城、榛名《はるな》の山々に住まう、天狗神を敬う修験道者が働き、関東の兵を残らず味方につけたと聞いておりますが」

関東の山岳地帯は修験道者の修行の場であり、山に棲む天狗にまつわる伝説も古来より多い。義貞が鎌倉を攻めた時、事前に計画が露見しないように文書のやり取りはせず、これら修験道者のネットワークを活用したという。

堀口はまだ訝しげな顔で、顎を撫でた。

「それで、その黒い装束は何のつもりで？　巫女の真似事なら鈍色は禁色のはずだ」

「この喪服の意味がわかりませんか？」

「意味？」

「今日は八月十七日。旧暦では閏七月二日……新田義貞が越前で戦死を遂げた日です。新田家の者として、その御霊の安らかなるを願うのは当然のこと」

「御存知なかったわけではないのでしょう？」と続けると、堀口は「無論ですが」と言い、彰子から目を逸らした。

「では、せっかく義貞に関わるわたしたちが集まったのです。いかがですか？　遠い先祖に想いを馳せ、皆で生品の社前に祈りを捧げるのは」

「彰子様。その前に私どもにお渡し願いたいものがある。まさか、お忘れではないでしょうな」

堀口は少し焦れた声をした。

「まずは、新田宗家の証たる義貞公の護り刀をお渡し願おう」

「わたしも先にお聞きしたいことがあります。あの護り刀をわたしから取り上げてどうするつもりですか？」

「取り上げるとは人聞きの悪い。あの刀は畏れ多くも、義貞公が挙兵に際し後醍醐天皇から賜ったと伝わる御下賜刀。義貞公会にて顕彰を考えております。蔵に眠らせておいて良いものではありません」

「そうですか。わたしにはこの刀よりもずっと大切なものがあるので、誰がこれを持とうが関係ないですけど」

袂から黒鞘の短刀を取り出すと、彰子は鯉口を切る。鎺には紛れもなく新田の定紋「大中黒」が施されている。堀口の目の色が明らかに変わった。

「では、さっそく護り刀をこちらに……」

「それでは篠塚志帆さんを解放してください。この護り刀はわたしの親友と引き替えの約束です」

「彰子様。それを言うなら、もうひとつ約束のものがあるはず。義貞公の銅像の隠し場所もお教え願いたい」

「あなたたちはあれをどうするつもりですか？」

「まず、盗まれた銅像の替わりにこの生品神社に安置致します」

堀口は空の台座を指さした。

「この事件は許しがたい暴挙。だが、盗まれた銅像の替わりに新たな銅像が建てば、全国的にもニュースとして取り上げられる。昨今は誰も彼も建武の中興の英傑など忘れているが、それこそ日本人の退廃」

「皇居前にどうしても義貞像を設置したいと？」

「後醍醐天皇のために戦った官軍の総帥は新田義貞公。軍神の名に相応しく、皇居前にその勇士を再現することこそが、義貞公の尊王討奸の志に叶うものと心得ます」

「時代錯誤と思いますけど」

「すでに保守政党の大物政治家には根回しを終えています。義貞公顕彰のためにお力添えをいただけるとのことです」

スーツの懐から堀口は封筒を取り出した。差出人のところに人の名前が書いてあるが、政治家なのか財界人なのか……この距離なので誰かまではわからない。

「さあ、義貞像はどこにあるのです？」

「それは由良隼人くんに聞いてください」

彰子はそう応えた。

「桐生でも言った通り、あの銅像は彼に預けました。保管場所も彼に任せたのでわたしは知りません。彼に訊ねたらいかがですか？」

「ほう……そんなことを言ってよろしいのか？」

堀口は口元を緩めた。

「由良家の者どもは前々からいろいろと我々の邪魔をしてくれた。少しばかり手荒な扱いになるかもしれませんが」

「ご自由に。郎党ひとりどうなろうと、わたしの預かり知らないことです」

微笑を作って向けると、堀口の顔からは笑みが消えた。

堀口との半分の距離まで進むと、彰子は地面の上に短刀を置いた。そこから数歩下がって、また堀口の顔を見た。

「この護り刀は差し上げます。さあ、志帆を返してください」

「……いいでしょう。おい」

堀口の命令に部下の「警察官」のふたりが、社務所の裏から志帆を連れてきた。

志帆は顔には痣、腕にはいくつも打撲跡、擦り傷があった。口にはタオルを噛まされ、後ろに回された両手はガムテープでぐるぐる巻きにされていた。

志帆はふたりに両脇を抱えられていたが、乱暴に彰子の前の地面に放り出された。

彰子は駆け寄ると志帆の口を塞いでいるタオルを外し、手に巻きつけられたガムテープを苦戦しながらも何とか外した。

「志帆、大丈夫？　酷いことされなかった？」

「彰子！」

名前を呼ばれた瞬間、志帆の手が彰子の左頬を打った。

「あの護り刀がどれだけ大切なものかわかってるの？　新田の一族郎党はこの七百年、ずっと新田宗家のために……」

「そんなことはどうでもいいよ。志帆はわたしの家来なんかじゃない。大切な親友だもん」

彰子は志帆に抱きつき、その身体を抱きしめる。肩に顔を埋めると、他の誰にも聞こえない声で囁いた。

「それに大丈夫だから……隼人くんも」

その間に堀口は短刀を拾って抜いた。白く光る刀身が、そして鋼の紋が露わになった。

「この大中黒の紋……義貞公の護り刀に相違ない。これこそが、新田宗家の証だ」

「それでは、わたしたちはもうこれで帰りますから」

志帆の身体を支えて立ち上がると、彰子は「行こうよ」と促して鳥居の方へ歩き出した。

「待て」

彰子が振り返ると、堀口は鞘を投げ捨てて短刀を振り上げた。それが合図であったかのように、生品神社の森の奥、社務所の裏、そして道や周囲を見張っていたと思しき人たちが、次々と境内に入ってきた。ざっと数えただけでも二十人はおり、瞬く間に彰子たちは囲まれてしまった。

彼らは鉄パイプ、木刀、中には真剣を手にしている。彰子はその顔触れを見回した。

「群馬会館の金谷さんに、前橋のＭ小学校教頭先生の江田さん……やっぱり最初からわたしたちを見張っていたんですね」

桐生で彰子を拉致しようとした金谷は鉄パイプを構えたが、江田はさすがに気まずいのか横を向いた。

彰子を庇うように志帆が前に出て、「堀口、あんた……」と声を震わせた。

「まさか、最初から彰子を襲わせるつもりで生品神社に呼んだのか！」

「手荒なことはしたくないが、雨野の血族は散々に我らの邪魔をしてくれたのでな」

「彰子は義貞の末裔だ。義貞公会の代表がそんな真似をして許されるわけがないだろう」

「義貞公顕彰の役に立たない宗家など、最早無用の存在でしかない。堀口家は元々新田一門の筆頭格だ。この私こそが義貞公会を率いて、新田一族の頂点に立つのに相応しい」

「彰子も言ったけど本当に時代錯誤だね。あんたについてくる奴がどれだけいると思う？」

「何とでも言え。すでに義貞公の護り刀は我が手の中だ」

「馬鹿なことを……」

志帆は絶句した。まだ、何か言おうとしたらしいが傷が痛むのか、わき腹を抑えてその場にしゃがみ込んでしまった。

「さて、彰子様」

堀口の顔がまた彰子を向いた。

「義貞像の隠し場所を吐いていただこうか。由良の若造に聞けとの仰せだが、実はあの男にはまんまと逃げられて行方が知れない。どうしても、あなたに応えていただく以外にない」

「隼人くんはああ見えてクラスで一番足が速かったもの」

彰子も堀口の顔を見返した。

「あなたたちなんかに捕まったままでいないでしょうね。それと何をされても、友達を裏切るような人じゃない」

「……口の減らない娘だ」

これまで一定の敬意を感じさせた口調が変化した。

「痛い思いをしないとわからないか。口が利ける程度に手足を一、二本折ってやろうか」

「わたしにそんな脅しは無駄ですから」

「だったら、お友達の方を先にするか。こっちは死んでもなにも問題はない」

堀口の目が志帆へと向く。志帆は立ち上がろうとしたが、彰子はその前に立つと、両手を大きく横に広げた。

「何のつもりだ？」

堀口は眉をひそめたが、彰子は微笑した。

「志帆にこれ以上手出しはさせない」

志帆は「彰子……」と唇を噛む。堀口は嘲弄するように笑った。

「女のお友達ごっこか、反吐《へど》が出る。やはりおまえごとき小娘は、新田宗家を継ぐに値せん。郎党ひとりの命くらい踏み越えていける者が新田の主、武家の棟梁というものだ」

「士を失してひとり免るるは我意にあらず」

「なに……」

彰子は堀口の目を真っ直ぐに見た。

「これが新田義貞の最期の言葉。この言葉の真の意味がわからない者に新田の継承者たる資格はない」

「黙れ」

「新田義貞は自分ひとりが生き延びて、英雄と祀られるのを拒んだ。生きるのも死ぬのも、仲間と思う郎党たちと共にありたいと願った。あなたたちの都合で義貞を軍神にはさせない。義貞に皇居の前は似合わない。この国の民と共に最期まであろうとしたのだから」

「黙れというのがわからんか！」

堀口は怒鳴った。

「貴様が義貞公を語るなど許さん。おい、この娘を始末しろ」

「し、しかし仮にも雨野の彰子様は新田御宗家の……」

江田は青白い顔をしていたが、堀口は口元を大きく緩めた。

「構わん。彰子様は新田家に相応しい気骨をお持ちだ。敬意を表してこの生品神社の社前で葬ってくれよう……おい」

その低い声に会員たちは顔を見合わせたが、まず金谷が鉄パイプを構える。他の会員たちも輪を縮めるように、一歩ずつ近づいてきた。

「義貞公会の大義のためだ」

「おまえのような娘を手にかけるのは気が引けるが恨んでくれるなよ」

「御宗家の姫様……許しとくれよ」

近寄ってくる会員たちは何かを口にしていたが、内容は様々だ。義貞公会に名を連ねているが思うところはそれぞれあり、会員の温度差を感じた。ずっと彰子から目を逸らしている人もいれば、手が震えている人もいた。

彰子は義貞公会のメンバーたちを見回してから、堀口へ視線を戻した。

「あなたたちにわたしを殺めることはできません。これをご覧なさい」

さっきとは反対の袂に手を入れると、彰子は「それ」を取り出した。

堀口の顔色が変わった。

彰子は黒鞘の短刀を手に握った。鯉口を切ると鎺には「大中黒」の家紋が入っていた。

堀口は自分の右手の短刀をにらむと、憎悪に満ちた目を彰子に向けた。

「まさか、これは偽物か！」

「このわたしが持つものこそが新田宗家に伝わる刀です。控えよ！」

彰子は短刀を抜くと、それを振り上げて叫んだ。包囲の輪を縮めるようにしていた、義貞公会メンバーの足が止まった。

「この護り刀は新田宗家棟梁の証。刃向かう者は新田家への、そして後醍醐天皇への反逆となる。それが新田義貞の意志か？」

「黙れぇ！　貴様が義貞公を語ることなど許さん！」

「わたしを殺したければ殺しなさい」

彰子も堀口の顔から視線を外さなかった。堀口の顔に明らかに動揺の色が浮かぶ。短刀を握った手が小刻みに震えた。

刹那、彰子の後ろで膝をついていた志帆が飛び出す。一瞬で堀口に掴みかかった。

志帆と堀口がもみ合う。志帆は短刀を握った堀口の手を掴んで「逃げて、彰子！」と叫んだ。

ドン！　と鈍い音がした。

志帆が倒れる。

「志帆……？」

彰子は状況が把握できず一瞬だけ棒立ちになったが、すぐに志帆を抱き起こそうと駆け寄って身体に触れた。

ぬるりと、手に生暖かい感触がした。彰子の手は志帆の流した血で真っ赤に染まっていた。

「志帆、志帆！」

身体を何度も揺さぶった。志帆は「逃げ……て」と声にしたきり動かなくなった。

「志帆！」

「愚かな娘だ」

堀口の冷たい声が響いた。

「せっかく義貞公会の末席に加えて、祖父の汚名を雪《そそ》ぐ機会を与えてやったものを。おまえに忠義立てなど馬鹿な真似をしおって」

「馬鹿な真似？　……わたしはね、新田の名に愛着なんてない。でもね……」

黒巫女装束も手も志帆の血で赤く染まった。その手で短刀を握り直すと、彰子は切っ先を堀口に向けた。

「それでも、志帆たちを駒のように扱うあなたに新田の名を名乗らせはしない。そうなるくらいなら今ここで、新田の歴史はわたしのこの手で終わらせる」

「面白い。そんな短刀でこの私に挑むつもりか。なら、その娘と仲良く一緒にここで死ぬが良い。これで、新田の継承者はこの私だ」

堀口は「偽物」の短刀を放り捨てた。短刀は地面を跳ねるように、社務所の脇まで転がっていった。もうそれを一顧だにせず、堀口は懐から拳銃を取り出した。撃鉄を起こすと、銃口を彰子の顔に向けた。

「死ね」

刹那、境内に響いたのは銃声ではなく弓の弦の鳴る音だった。生品の森から一矢が漆黒の天に飛ぶ。それは大きな弧を描いて、堀口の右手の拳銃を弾き飛ばした。

地面に白羽の矢が深々と突き刺さる。堀口は「く……」とうめき声を漏らして、右手を押えた。

「弓なんてまともに引くのは久々なんだけどな」

社務所の脇から弓を手にした隼人が現れた。

「この矢外させ給うなと心の内に祈念して矢を放ちたれば……屋島で扇の的を射た那須与一《なすのよいち》の心境って、こんな感じだったもんかな」

「由良の若造……」

「さっきは散々な目に遭わせてくれたな、堀口サン」

隼人は足元に転がっていた短刀を拾った。

堀口は憎々し気な目を隼人に向けたが、それでもまだ口端に笑いを浮かべた。

「あのまま逃げていれば良かったものを。わざわざ、消されに戻ってきたのか？」

「さて、どうだか。新田義貞が死んでから七百年。おまえらが何度も消そうとして、それでも消せなかったのが俺たち由良一族だ。おまえに消せるかな？」

「ほざけ。墓守は墓守らしく墓所を守っておれば良いのだ」

「俺だってそうしたい。おまえらが余計なことをせずに義貞の墓所に参拝するならいつでも歓迎するんだが？」

「ふん。辛気臭い山の中の隠し墓地など義貞公に似合わぬ。この私が新田の棟梁となったら皇居前に銅像を建て、荘厳な墓所を造ってくれるわ」

「ものの真贋も見極められない男に、新田の棟梁が務められると思うか？」

「何だと？」

「雨野、それ見せてやれよ」

その隼人の言葉に、彰子は手にした短刀を堀口の前の地面に放り投げた。堀口は眉根を寄せて転がった短刀を拾ったが、すぐにその顔は怒りで真っ赤になった。

「な……これは！」

「それが偽物。おまえがさっき捨てたこっちが、本物の新田義貞の護り刀だ」

隼人は左手の短刀の、鋼に施された「大中黒」の紋を堀口に示した。

対して堀口が手にした短刀は、家紋も全体の形が崩れて滲んでいた。鞘も色が落ちて堀口の手を黒く汚した。

「わたしは一応芸術専攻だから、そういうのは得意分野。揺れる車の中で作ったから、できが悪いのでヒヤヒヤした。ポスターカラーも乾き切っていなかったし」

さっきまで短刀を握っていた彰子の手も、装束の袖も黒くなっていた。この黒巫女装束は織物会館にあったもので万が一、インクが服についてもわからないように着た。月が雲に隠されたことも、彰子の「計画」に有利に働いた。

彰子が堀口の前に投げ出した黒鞘の短刀は、木彫刻に使う鞘入り小刀だった。長さも刃渡りも本物の護り刀と一緒だったので、彰子はここまで来る車の中で、ポスターカラーで白木の鞘を黒く塗った。鐔は金色に、そしてその上に「大中黒」の紋を描いた。これが細かいデザインの家紋だったら、持っていた筆では細工するにも限界があった。

何かを削ることなんてないだろうけれど……でも、デッサン道具と一緒に持ってきたものが別の形で役に立った。

「雨野」

鞘も近くに落ちていたらしく、隼人は拾って短刀を収めて放った。それを受け止めると、彰子は顔の前で水平に構えて抜いた。

（え……？）

彰子は一瞬、境内の隅の空の台座に目をやった。

雲間から月が顔を出す。月光の中で露わになった白く光る刃を前にして、彰子を取り囲むようにしていた義貞公会のメンバーたちは、誰もがその場に立ち尽くした。

隼人が口を開く。

「堀口。おまえは自分で棟梁の証を捨てた。新田を名乗る資格はない」

「この……何をしている！　相手はたったふたりだ。小娘を取り押さえて護り刀を取り上げろ！」

でも、義貞公会の誰も動こうとしない。やがて、その内のひとりが手にしていた鉄パイプを地面に投げ捨てた。

「な、何をしている！」

堀口は怒鳴ったが、誰もが次々と武器を捨てる。ニセ警察官のふたりも、最後には金谷までが鉄パイプを放り出してその場に膝をついた。

「このクソがぁ……」

敗北を悟った堀口が両膝をつく。両の拳で地面を何度も叩いた。

全員が戦意を失ったのを見て、隼人が口を開いた。

「義貞公会すべて棟梁の下知に従うそうだ、彰子姫」

「やめてよ」

自分で立てた計画とはいえ、さっきまでの芝居めいた口調も含めて彰子は急に恥ずかしくなった。

抜いたままでいた護り刀を鞘に納めた。

二

遠くからパトカーのサイレンの音が聞こえた。

「警察……」

「心配するな。あれは祖母ちゃんが手配した『本物』だ。こっちの意向がわかる連中だ」

隼人は「義貞公会も随分と行政や警察、果ては政治家に話をつけていたらしいが、こっちもレーダーに映らないステルス戦闘機は飛ばしている」と言った。

「ねえ、ところでさぁ」

彰子は隼人の目を見つめた。

「そろそろ、隼人くんや瑞子さんたちが何なのか話してくれてもいいんじゃない？」

「さっき聞いてたろ。墓守だって」

「それじゃあ全然わかんないんですけど」

「しょうがねぇな。話すと果てしなく長いんだけど……」

隼人は左手で髪にさわる。彼のすぐ脇には、膝をついたまま堀口が虚ろな目をしていた。

「……七里ヶ浜のいそ伝い……稲村ヶ崎名将の……」

その口元が動く。

記憶の糸がつながる――幼稚園の頃に鎌倉の古い家に遊びに行った時、祖父が一度だけ彰子を稲村ヶ崎に連れていってくれた。手をつないで教えるようにこの歌を口ずさみ、彰子が顔を見上げた祖父は――雨野貴幸は優しい笑顔をしていた。

「剣投うぜし……古戦場」

声が止まる。堀口の目の前には彰子が細工した小刀が転がっていた。それを手にして、堀口の口元が歪んだ。

「偽物か」

刹那、堀口は小刀を自分の喉に突き立てた。

鈍い音がした。隼人が弓の背で堀口の手を打った。小刀は地面の上に落ちた。

「ゆ、由良の若造！　なぜ止めた。貴様には武士の情けはないのか！」

「さあな、棟梁に聞け」

弓を肩にかけて、隼人が振り向く。彰子は堀口へと歩み寄った。

「馬鹿な真似は止めてください」

「彰子様……後生だから自害させよ」

堀口は悲壮な声を荒げた。

「私は義貞公の銅像を皇居前に建て、その勤皇の志を満天下に示さんと生きてきた。そのためならばと、直系たる雨野家のあなた様に危害を加えようとした。棟梁へ反逆を企てた者がどうなるか、もうあなたとて知っているはずだ」

「確かにあなたは隼人くんにも志帆にも怪我をさせた。わたしもそれは許せない」

「なら、どうぞ存分にその恨みも晴らされるが良い」

「では、あなたに訊ねます。武家の棟梁とは、あなたの思い描く新田義貞という武将は私怨で相手を罰するような人ですか？」

彰子は堀口の前で膝をついた。

「こんな話があるそうですね。ある時義貞の定めた軍規に違反した武士がいた。捕らえられて死を覚悟したものの、義貞はその者の日頃の行いが清廉なことを知って、特別に一命を助けた。その武士は足利尊氏との戦いで、義貞の窮地に駆けつけた、と」

彼の両手を握りしめて、彰子は微笑を向けた。

「なら、わたしがあなたを罰することはできません。死ぬことも許しません。あなたの行動はすべて新田義貞への敬慕から起こったことだと、そうわたしは信じます」

「彰子様……」

堀口は地面に突っ伏して嗚咽を漏らした。

三

パトカーと救急車が相次いで、生品神社の鳥居前へ停車した。

堀口はすぐに制服姿の警察官に身柄を拘束された。その時、彼の警察手帳が取り上げられたのが見えた。彰子は警察官に何か言おうとしたが、堀口は首を横に振ってそれを制した。警察官数人に連行されて、パトカーの後部座席に乗せられた。

「こっちだ！　怪我人は一人だけだ」

隼人が救急隊員を先導してきた。志帆はストレッチャーに乗せられる時、傷の痛みのためか小さく悲鳴を上げた。身体からは血が流れ続け、Ｔシャツは元の色がわからないほど赤黒く染まっていた。

苦痛に耐えている表情を見ていると、彰子はさっきまで感じなかった不安が涙と一緒に込み上げてきた。

「志帆、志帆ぉ……」

「……まったく、さっきの威厳はどこ行ったの？」

志帆は苦しそうな声だが、顔だけ彰子の方を向いた。

「てかさ、隼人が隠れているならあたしに伝えてよね。これじゃひとりだけ間抜けじゃない」

「う……ゴメン」

それを教えるタイミングがなかったのだが、知っていれば志帆は無茶をしなかったはずだ。そう思うとまた涙が出てしゃべれなくなった。

「あたしは大丈夫だから。看護師が怪我で死んだとか笑い話にもならないし。今一番の心配事は明日からの欠勤を、看護師長にどう言い訳するかだよなぁ……」

志帆が顔を歪めると、救急隊員が「しゃべらないで！」と大きな声を出す。彰子は、もういても立ってもいられなかった。

「わたしも一緒に救急車に乗っていく」

「無理だって。彰子も警察に説明することありそうだよ？」

「そうかもしれないけど。でもぉ……」

不安と心配でまた涙が出てくる。泣かないように口を結ぶと、志帆が笑った。

「ホント、何ていうかさぁ、その泣き顔見ると、ああ彰子だなぁって思うわ」

「そんなぁ、酷いよ」

「あたしが傍にいてあげなきゃって、ホントはいつも思ってた。転校先でちゃんと友達できたかなとか、イジメとかあってないかとか。他の友達だってそうだよ。自分では勘違いしているっぽいけど、彰子が好きな子は大勢いるんだから」

志帆は手を少し持ち上げた。彰子は救急隊員を押しのけるようにその手を握った。

「あたしは死んだりしないから。ちゃんと泣かずに待っててなね」

「……うん」

「あと、ついでにいつまでも本音を吐かない、そこのヘタレのお守りをしてやんな」

そう目を向けられた隼人は、「黙ってろ。死ぬぞ」と毒づいて横を向いた。

「ほらね。何だって男ってのはこう面倒くさい奴ばっかなんだろ」

やっと彰子も少し笑えた。涙を拭うと、「うん、任せて」と頷いて見せた。

志帆を乗せた救急車は、サイレンを鳴らすと走り出た。軽い傷ではないことはわかっていたので、必死に志帆の命が助かるように祈った。

救急車と入れ替わるようにパトカーは台数を増す。境内がパイロンの赤い光に満たされる中で、警察官が義貞公会のメンバーをひとりずつパトカーに乗せていた。

「ねえ、あの人たちどうなるんだろう？」

「事情聴収程度で終わるはずだ。もっとも、俺はもう少しかかるかもしれないが」

「待ってよ、何で隼人くんまで」

「逃げる時にかなり無理をやった。さっきの弓も不問ってことにはならないだろうな。安心しろ、おまえのことは祖母ちゃんに頼んである」

隼人は社務所の脇に立っている男性を示した。五十歳くらいの小太りの人で、義貞の墓所で瑞子の後ろにいたうちのひとりだった。

「念のため、車で鎌倉のおまえの家まで送る。あれの車は去年の年末納車の新車だから、俺の二十年落ちの老兵よりもずっと乗り心地いいぞ」

「嫌、わたしは戻んないから」

はっきり拒否すると隼人は困った顔をした。

「おまえの母上が心配してるぞ。あと弟も」

「お母さんたちには全部終わったらちゃんと説明する。でも、さっき志帆とも約束した。隼人くんの面倒はわたしが見るから」

「勝手にしろ」

隼人は舌打ち混じりに、それでも笑った。彰子の手から「それは俺が持っている。下手するとおまえまで銃刀法違反で警察にしょっ引かれる」と、黒鞘の短刀を取り上げると、自分から警察車両の方へ歩いていった。

容疑者たちを載せた車が一台、また一台と神社から出ていく。

(あれが見えたのはわたしだけなのかな)

彰子が目を向けたのは境内の隅の義貞像の台座だった。この騒動で誰も気に留めていないそこには、何度見てもやっぱり何もなかった。

（気のせいだよね、でも、見守ってくれたのかな）

あの一瞬、ここに義貞像を見た気がした。彰子は一度、義貞像の台座に頭を下げた。

# 四

生品神社で警察からいくつか質問されたが、彰子はその夜のうちに前橋に戻った。

前夜に止まったホテルでは瑞子が待っていた。

「ひとまずここにいれば、誰も手は出せんから」

瑞子はそう笑った。義貞公会が群馬各地に会員を潜ませていたように、由良家の仲間もあちらこちらにいるらしい。隼人の言っていた、「ステルス戦闘機」なのだろう。

義貞公会のメンバーの大半は翌日には釈放された。金谷など幹部も数日の拘束で、不起訴処分になるだろう――瑞子が毎日決まって夕方の同じ時間にホテルの部屋を訪れて、彰子に状況を教えてくれた。

唯一、義貞公会を主導した堀口だけは職を失った。

「もっとも、表沙汰にはせん。堀口も自分で辞表を出した」

数日後、地元新聞の警察の人事欄に「退職者　群馬県警太田署　堀口義威」との一文が掲載された。

警察にしても身内である警察官の起こした事件であるだけに、東京の大手マスコミに嗅ぎつけられる前に早急に手を打ったのだろう。

「あの、堀口さんが言っていた保守政党の大物政治家って話はどうなるんでしょうか？」

「これかい？」

瑞子が彰子に見せたのは、堀口が持っていたあの封筒だった。一体どこで堀口から取り上げたのだろうか。

「政治家なんてものはねぇ、さも親しげに『上手く行ったら応援するよ』と言うのが仕事だからね」

堀口も「踊らされて」いただけらしい。義貞公会による皇居前の銅像建設や、義貞顕彰計画を通じて、「旨味」を得ようとした輩がいたということだ。瑞子には「誰か気になるかい？」と聞かれたが、彰子が知っても意味はないのでそれ以上は訊かなかった。

堀口の件を聞いた後で、彰子は鎌倉の家とようやく連絡を取った。ふたコールが鳴り終わらない内に、電話の向こうからは悲鳴のような声がした。

『彰子！　あなた今どこで何をしているの』

「ごめんねお母さん。あと数日したら帰るから」

『ごめんねじゃないでしょ！　もう少しで捜索願を出すところだったわよ』

「お母さん、やっぱり怒ってるよね？」

『当たり前でしょ！』

大声のあと、母が大きく安堵の溜息を漏らすのが電話口から聞こえた。

『でもね、真治がお姉ちゃんは採用試験に不合格になって、あれでいて結構悩んでいるって。だから、ひとりで考える時間が欲しいんだろうって』

「真治が……」

『なら、そうと私にちゃんと話しなさい。あなたって子は……』

「ご、ごめんなさい」

『子供の頃から転校続きで彰子には一番迷惑をかけたって、お父さんもお母さんも思っているのよ。私はね、別に一度くらいの不合格は逆に気分転換になるって思ったくらいよ』

「お母さん……」

母は「必ず一日に一度は家に電話すること」を彰子に約束させた。少し話をして電話を切ったが、彰子はしばらく携帯を両手で握りしめていた。

（お母さんも不器用な人）

自分とそっくりなんだと思ったが、良く考えればそれは少し違う。娘の彰子が母に似ているのだと気づき、何だかおかしくなった。

五

八月最後の日曜日は残暑が厳しい真夏日になった。

瑞子の指示で彰子は敷島公園から出ないでいた。さすがに時間を持て余してしまい、スケッチブックを片手に、公園のあちらこちらを写生して歩いた。

公園はクロマツの林が広がり、水辺にはカルガモが羽根を休めている。ボート池越しには赤城山、少し歩けば利根川の向こうには、萩原朔太郎が「天景をさへぬきんでて」と詠んだ榛名山の頂を望める。デッサンの素材には事欠かなかった。

（春なら桜、それからツツジとバラ、あと半月早かったら花火大会が描けたんだけどなぁ）

この公園には中学の美術部でよく写生に来た。隼人もそれを覚えていて、だから街中ではなくてここにホテルを取ってくれたのだろうか。

この日は午後から天気が崩れるとの予報だったので、遠くにはいかずにホテルが見える場所でベンチに座って絵を描いていた。彰子が子供の頃と違って最近は小学校も中学校も、もう今週から二学期が始まる。公園は閑散としていて、たまにベビーカーを押した母親や、犬を散歩させる老夫婦が通っていくだけだ。

彰子の座ったベンチの前には小さな池があった。池の中には大きな岩、その畔には白衣観音像が立っていた。

この池は「お艶《えん》ヶ岩」と呼ばれ、豊臣秀吉の妻・淀《よど》の方にまつわる伝説があった。大坂夏の陣で密かに大坂城を脱出した淀の方は、前橋の領主の秋元長朝《あきもとながとも》を頼って密かに落ち延びた。「お艶」と名乗り世間から隠れ暮らしたが、過去の悲劇に耐えかねて、遂に大岩の上から利根川へと身を投げた。後に利根川の流れが変わりこの場所は池となったが、お艶ヶ岩と呼ばれて悲劇を今に伝えている――

美術部で写生に来てこの話を聞いた時は、「なんか嘘くさい話だよね」と本気にしなかったが、今は頭から否定する気はなかった。

「歴史」というものは過去から現在へと必ずつながっている。そこには予想しえない出来事があり、数々の人間が運命を翻弄されることを知ったから。

予報に反して雨は降らなかった。彰子はずっと絵を描き続けていた。どのくらい時間が経っただろうか——周囲の景色が少し薄暗さを帯び始めた頃、そろそろ瑞子が来る時間だと思い、彰子は鉛筆を止めた。

その途端、シャッター音がした。

「カメラ、無事に戻ったんだね」

「何とかな」

少し離れたところで、隼人がカメラを構えて立っていた。ファインダーから目を外すと、少し不満そうな声をした。

「納得いかないのは奴らに追いかけられた時の、スピード違反と信号無視の違反五点と、ドアとバンパーの修理代だ。堀口にはもう会えないだろうから、今度篠塚に払わせてやる」

「志帆に会ったの？」

「ここに来る前に病院に寄ってきた。堀口にやられたのよりも、捕まった時に折った肋骨の方が重傷だそうだが、あと半月くらいで退院できる。本人は一日でも早く職場復帰して、今年こそ国家試験に合格するとさ」

隼人は「おまえ、明日帰るんだろ。その前に顔を見ていくか？」と言って隣に座った。

「さて、何から話す？」

「いろいろあり過ぎるけれど」

彰子はスケッチブックを閉じた。

「まずは隼人くんの一族について聞きたいかな」

「新田義貞の墓守」

「それは聞いた」

「それがすべてだ。義貞が越前で討死した時、その最期に居合わせて、唯一生き残った郎党が由良家の先祖だ。新田家の隠密衆である天狗衆を率いて、稲村ヶ崎でも戦ったが歴史に名前が残る一族じゃない。討ち取った敵の首をダミーに泥田に沈めて、本物は密かに持ち帰った。新田荘は足利軍に占拠されていたので、あの山間の地に義貞の首を葬った。以来、各地で討死した新田の一族郎党を埋葬し続けて、眠りの場所を七百年間守り続けてきた」

「七百年もずっと？」

「義貞が死ぬ直前……何か予感があったのか、由良家の先祖に言い残したそうだ。我が墓は不要。子孫は山河に溶け込むように生きよ。新田の名を叫ぶこと許さず。ただ、心の内に叫ぶべし、と」

すっかり人気のなくなった公園に虫の声がした。夏ももう終わる。

「その遺命に従って由良家は室町幕府が滅び、江戸時代になっても墓所を守った。明治以降は勤皇思想から、南朝を崇拝するような奴らに誘われたらしいが、そのすべてを断ってきた」

「義貞公会も？」

「会が結成された時に祖母ちゃんの親父……俺にとっては曽祖父《ひいじい》さんの由良栄人《えいと》が、かなり熱心に誘われたと聞いた。だが、逆に義貞公会の結成に反対して、思い止まるように説得したらしい。それから会は殊更に由良家を目の仇にするようになった」

「誤導事件のことを聞いてもいい？」

「雨野家の当主は明治以降、折に触れて墓所を訪れたそうだ。昭和九年、群馬県警に配属された雨野貴幸警部も、着任後すぐにやって来たのを祖母ちゃんが覚えているとさ。その時、曽祖父さんと何か長い間話し込んでいたらしい」

「桐生行幸の話……」

「今となってはわからない。ただ、あの日に曽祖父さんは祖母ちゃんを連れてあの交差点に行き、雨野警部はサイドカーで先乗を務め、そして誤導事件が起きた。その事実が残るだけだ」

八十年以上前――出会った隼人の曽祖父と、彰子の祖父がどこまで何を話し、そして何を考えて、あの交差点に立ったのかはわからない。確かなことは事件のあと、義貞顕彰計画が頓挫したということだけだった。

「その後は二度と会うことはなかったんだろうね」

「だろうな。曽祖父さんは太平洋戦争の最中に召集されてニューギニアで戦死したが、出征する時まで誤導事件の責任を負った本多警部らのことは気にかけていたそうだ。だが、一番気にしていた相手は……おまえの祖父さんもそれは多分同じだ」

「気にかけていた人？」

「篠塚伊助だ」

「志帆のお祖父さん？」

「元々、由良と篠塚はどちらも新田義貞の郎党で、義貞戦死後も共に戦った戦友同士だった。義貞顕彰については袂を分かったらしいけどな」

隼人が話を止める。「何か飲み物でも買ってこようか」と彰子が言うと、「いや、いい」と応えて、続けた。

「篠塚伊助は誤導事件で群馬県警を退職した後、憑かれたように銅像造りに命を賭けた。だが、ようやく一体造り上げた時は戦争の最中で、とても世に出せる状況じゃない。祖母ちゃんの話だと、由良家で預かると申し入れもしたが、それは断られた」

「それで、わたしのお祖父ちゃんに贈ったの？」

彰子は小首を傾げた。

「何のためだったんだろう。お祖父ちゃんのせいで警察に居られなくなったし、義貞公会からも白い目で見られたのに」

「結局、最後は全部推測になるけどな。新田の棟梁は雨野だ。最後は棟梁にすべてを託したってことだろう」

「重いね」

「だが、志は違ってても恨みはなかったと思うぜ。雨野貴幸に宛てたあの手紙を読む限りな」

隼人は小さく息をついた。

彰子はバッグからあの虫食いだらけの古い手紙を取り出した。この手紙にも末尾近くに「志」の文字があった。

造り上げた銅像を託すとこの手紙に記した時、篠塚伊助はどんな思いだったのだろうか。義貞顕彰の願いも、誤導事件に関わった人たちの名誉回復も、今はこの手紙から感じることができた。

それをすべて一体の銅像に託して雨野貴幸へと捧げたのだろうか。

「さて……黄昏てきたな」

隼人はベンチから立ち上がった。

「久々にシャバの飯でも食いに行くか。実はさぁ……」

「まだ、話は終わってないよ」

彰子は、少しにらむように彼を見上げた。

「隼人くんは実は最初から全部知っていたの？　それで何も知らないフリしてわたしの前に現れたの？」

「人聞き悪ぃな。篠塚伊助が銅像を造った話は聞いていたが、それがおまえの家に贈られたことは知らなかった。篠塚の奴がまさか義貞公会に入っていたのもな」

「義貞公会については知っていたんだ」

「それは……まあ」

「全然教えてくれなかったのはショックなんだけど」

「一言で説明できる話でもない。それに可能なら義貞公会は俺だけで押さえ込みたかった」

「そもそも何でわたしを義貞の命日の八月十七日に合わせて群馬に呼んだの？」

「それはだな……」

隼人が言葉に濁したので、彰子はなおも続けた。

「ねえ、どうして？　やっぱり何かの時は、義貞公会に対抗してわたしを旗頭にするため？」

「おまえの家の蔵を調べた時にこれを見つけた」

ジャケットのポケットから隼人が取り出したのは、一センチ四方の小さな黒い箱だった。

「これは……？」

「盗聴器だ。堀口が仕掛けたと吐いたらしいぞ」

「と……盗聴って」

「あの時の会話はすべて聞かれたはずだ。護り刀のことも含めてな」

確かにふたりで蔵の義貞像を調べた日、堀口の仲間の車が家の側から急発進していった。まず最初の訪問で盗聴器を仕掛け、あの日は家の側に車を止めて会話を盗み聞きしていたことになる。

「会話が聞かれた以上、義貞公会がおまえの家の銅像と護り刀を狙うことは予想できた。動く可能性が最も高いのは八月十七日だ。鎌倉より俺が直接側にいる方が安全だと思った。予想外だったのはおまえが銅像は隠してきたが、護り刀は身につけてきたことだ」

「あ……それは……」

今度は彰子が言葉に詰まった。

「あの護り刀を持つ者こそが、当代の新田家棟梁だからな。奴らはそれでおまえを執拗に狙うことになった」

「ゴメン……。でも、あの護り刀はわたしが持っていた方がいい気がして」

「そう思ったのなら刀が選んだってことだ。当代の新田の棟梁はおまえだってことだろう、彰子姫」

「ちょっと、隼人くんはその呼び方は止めてよ」

彰子は思わず立ち上がったが、隼人は神妙な顔をしてまた口を開いた。

「悪かったな、怖い思いをさせて」

「……え？」

「義貞戦没の日だ。動くにしろあそこまで強引な手を使ってくるとは俺の読みが甘かった」

「隼人くん……」

そういえば、彼は誤導事件の調査をするのも、桐生に行くのにも賛成ではなかった。どちらも、彰子が無理を言ったことだった。

「何があっても雨野のことは守るつもりでいた」

隼人は自嘲したように笑った。

「新田家郎党筆頭の由良家の当主として俺ほど不甲斐ない奴もいないな」

「そんなことないよ。隼人くん、ちゃんとわたしのこと守ってくれたじゃない。義貞を戦死させた昔の家来たちよりも、ずっと勇敢だよ」

「おい、それはそれで問題発言じゃないか？」

「それに義貞も言っていたでしょう？　士を失してひとり免るるは我意にあらず……わたしは守られるだけ何て嫌だ。隼人くんと一緒に戦って良かった」

「雨野さぁ……おまえいつからそんなに勇ましくなったんだ？」

「新田の棟梁でもあるし、何より群馬の女ですから」

「怖ぇな……まあ、棟梁様の御下知に従います」

「また、そんなこと言う」

彰子は隼人の腕にしがみついた。隼人が「止めろって、馬鹿」と困った顔をしても、笑って腕を引っ張り続けた。

## 六

「お、やっと来たな」

公園の駐車場に車が二台続けて入ってきた。遠目に男性が二人、女性が三人……車から降りるのが見えた。

「あれって……え、え」

こっちに歩いてくるにつれて、それぞれの顔が見えた。年を重ねているが確かに昔の面影がある。みんな中学のクラスメイトたちで、女子の三人は彰子と仲の良かった子たちだった。

「みんな……どうしてここに？」

「篠塚の提案。鎌倉に戻る前にみんなに会っていけって。それで地元にいる奴に取りあえず声をかけた。雨野が帰っているって言ったらすぐに集まったぞ」

隼人は歩いてくる元クラスメイトたちに向かって手を上げた。

「同窓会とか成人式とかの時、みんな雨野に会いたがってたしな。特に美術部の七瀬とか、一年からおまえと同じクラスの畑村とか」

「だ、だって志帆もいないのに。わたしだけいたって……」

「雨野さぁ、いい加減その転校生根性直せよ。みんな、おまえに会いに来たんだよ」

「で、でも……」

「篠塚も言ってたが、おまえが思っているよりもおまえはみんなに愛されてるんだよ……って、恥ずかしいこと言ってんな、俺」

隼人は照れて横を向いてしまったが、彰子はまだ彼に聞きたいことがあった。

「ねえ、隼人くんも同じ？　わたしのこと……」

「俺は違う」

彼は、はっきりそう言いすぐに続けた。

「俺はおまえにもう少し別の感情がある。断っておくが、新田の主従感情じゃないぞ」

「わ、わたしもね、隼人くんに特別な感情がある。それをずっと伝えたかった」

「だけど、取りあえず今は離れてくれないか？」

「え？」

その時になって彰子は、隼人の腕に抱きついたままなことに気づいた。こんな姿を久しぶりに会う元クラスメイトたちに見られたら、何を言われるか知れたものじゃない。慌てて腕を離した。

「ねえ、ホントに彰子ちゃんがいる。彰子ちゃ〜ん！」

懐かしい声と共に女子の三人が走ってくる。彰子も旧友たちの名前を呼ぶと、抱き合って久しぶりの再会を喜んだ。

# 第七章　光の海

# 一

今年の二月は天気の悪い日が続いていたが、この日の鎌倉は冬晴れの空が広がっていた。

鎌倉星華大学のキャンパス内には「ギャラリーフロール」という展示場がある。数日前からここには「芸術学部　研究科　卒業・修了生　作品展示会」という立て看板がかけられていた。

あくびをしていた受付アルバイトの大学院の学生が、「え……」という顔をして、ギャラリーに入った彰子を二度見した。

「雨野さん、どうしたんですか?」

白のワンピース姿の彰子は、「ちょっとね」と笑った。前に遥に半ば強引に買わされたワンピースで、これまでほとんど袖を通したこともない。ましてや、大学に着てきたことなど皆無だ。この一年半伸ばした髪には、タンポポのヘアピンを止めた。

ギャラリーは冬季休みの最中ということもあり人も疎らだ。卒業生の家族らしい人たちが二、三組いて作品を眺めていた。

待ち人はまだ来ていなかった。スマホを取り出して時間を確認すると、彰子の方が少し早く来すぎたらしい。手持無沙汰に他の学生の卒業制作を眺めていると、入り口から誰か入ってくるのが見えた。

今日はいつも持ち歩いているカメラを持っていない。黒のロングコートを着ているのは一応、正装を意識しているのだろうが、膝下からジーンズが見えているので思わず笑ってしまった。

受付を済ませると、隼人はすぐに近寄ってきた。

「なんかめずらしい格好してるな」

「そう？　感想ある？」

ちょこんとスカートを持ち上げて聞くと、「白いな」とホワイトハウスを見た子供のようなことを言った。別に褒め言葉も期待してはいなかったが。

「なんか篠塚も来たがっていたけど、あいつ群馬県央病院の手術室の看護師になったそうだ。時間が取れないから、おまえに謝っておいてくれとさ」

「志帆も今や正看護師だからね」

志帆は傷が癒えるとすぐに看護師に復帰して、翌年の国家試験に見事合格して正看護師になった。実は隼人から聞くまでもなく、本人からつい先日「オペ看になったよ」と連絡があった。

今日の朝も「今回は行かないから隼人の相手してやんな」とメッセージがあったばかりだった。

二

展示を順に見て回りながら、彰子が足を止めたのはギャラリーの真ん中に飾られた水彩画の前だった。

「稲村ヶ崎の海の絵か」

隼人も絵を見て腕を組んだ。

その絵は稲村ヶ崎の海に夕日が照り映える風景を描いたものだった。

群馬での事件の後、大学に戻った彰子は修了を一年先延ばしにすることを選んだ。もう一度、自分なりに真剣に美術と向き合って何枚かの絵を描き、修了制作にこの絵を仕上げた。

そして教員採用試験を再受験して合格した。母は喜んだが彰子は教職にはつかなかった。

「神奈川とそれから群馬の採用試験にも受かったんだろ？　俺も篠塚も他の奴らも、おまえはこっちに帰ってくるもんかと思ったんだが」

「最後まで悩んだけどね」

母とは少々口論になったが、でも最後は折れて彰子の希望通りの進路を許してくれた。

彰子はこの四月から、東京のデザイン事務所に就職することが決まっていた。三月に入るとすぐに研修が始まるので、こうして大学に来るのもあと何回もなかった。

「群馬に帰りたいって思った。そうしたら、志帆やみんなとも頻繁に会えるし。今もいつか帰りたいとは思ってる」

「じゃあ、何でだよ？」

「わたしもね、もう少し自分の夢を追いかけてみたい。わたしくらいの才能や画力の人間は山ほどいるだろうけど、でも足掻いてみることにした」

「いいんじゃないか？」

隼人は笑った。

「浮草みたいな稼業の俺がとやかく言えないが」

「あとねぇ……二浪濃厚のうちの弟を今年こそどこかに押し込んでやらないと」

「それはとやかく以前に何も言えねぇって」

どこかの水泳選手みたいなことを言うと、隼人は肩に掛けたショルダーバックから大判封筒に入った紙の束を取り出した。

「ここに来る前に東京の出版社に寄ってきた」

「え？　それでどうなったの？」

少し前に隼人が南北朝時代ものの歴史コラムを書いて、出版社に持ち込んだと聞いていた。

「相変わらず南北朝物に需要はないそうだが……どうやら載りそうだ。上手くすれば連載になる」

「ホント、すごいじゃん。おめでとうだね」

「そうだ。なんかイラストがあった方がいいって話をしてたから、おまえが描いてくれよ」

「わ、わたしでいいの？」

「おまえでいいんだよ。俺も意図が伝えやすい」

隼人は「まあ、まだわかんないけど」と言ったが、表情からはそれなりに手応えを掴んでいるようだった。

三

稲村ヶ崎公園に着いた頃には、すっかり海は夕日に染まっていた。

「うん、やっぱり冬の方が海は綺麗ね」

絵のモデルになった落日の海は、この日も寄せては返してをくり返している。今日は特に寒いせいか、カメラマンも恋人たちの姿もなかった。

稲村ヶ崎の上に登ると、江の島まで一直線に黄金色の道が伸びている。風が冷たいかなと思って空色と緑色のショールを巻いてきたが、彰子は心に暖かさを感じていた。

「稲村ヶ崎の海が黄金色に光る理由って知ってるか？」

隣で海を見ていた隼人が急に口を開いた。

「義貞が投げ入れた黄金作りの太刀が、海底で光を放ち続けている。だから、稲村ヶ崎の海は今も光り輝く」

「隼人くんはこんな時まで歴史の話をするんだね」

少し呆れたが、そういう彼でなければ好きになっていなかったに違いない。

「なあ、雨野」

「なあに？」

「おまえの家の銅像はどうするつもりだ？」

「いろいろ考えた。でもね、お祖父ちゃんは……雨野貴幸はわたしのお父さんには新田家に関することは何も伝えなかったみたい。だから、弟の真治も何も知らない」

「おまえから話してやる気はないのか？」

「お祖父ちゃんが何も伝えずに亡くなったってことは、自分の代で新田家の歴史を終わらせるって意志だと思う。この前会った時に教えてくれたよね。新田家とうちのお父さんたちの名前のこと」

新田家の男子は義貞はじめ、名前に「義」の文字がつく者が多い。嫡男の義顕もそうだったが、世に隠れ潜んで生きるためにこの字は使われなくなった。

だが雨野貴幸の名は――「貴」は「よし」とも読める。こっそりと新田の名を隠していたわけだ。でも父は知弘、そして真治もこの名乗りを継いではいない。彰子の名前も含めて命名したのは祖父だった。

「わたしは偶然新田の秘密を覗いてしまったけれど、パンドラの箱には蓋をしようと思う。もしも、真治が将来結婚して雨野の名を継ぐ子が生まれても、その子は新田家のことは何も知らない。ただ、雨野という苗字を名乗るだけ。でも、それは義貞から連綿と続いてきた歴史を断絶させることにもなる。それが正しいのかわたしにはわからない……だけど」

「俺は正しいと思うぜ」

隼人はそう言った。

「おまえの祖父さんは天皇行幸を利用してまで、義貞が軍神となるのを拒んだ。俺の先祖の由良一族も代々、あの墓所の存在を口外しなかった。それは全部、新田義貞の遺志だ」

「義貞の？」

「英雄として語られようと思えば、義貞は楠木正成はおろか織田信長なんかよりもずっとその資格がある。鎌倉時代というひとつの時代を終わらせ、次の時代への扉を開いたんだからな。でもさ、義貞はそんな形の顕彰は決して望まない」

「義貞が望んだ形って？」

「実はこの調査をするまで、何で義貞が鎌倉幕府を倒すために立ち上がったのか俺にもよくわからなかった」

「わかったの？」

「生品神社でのおまえを見てな」

「わたしを？」

「おまえは義貞に皇居の前は似合わないと言ったろ。義貞は鎌倉幕府を滅ぼして次なる時代への道を切り開いた。だが、それはなにも後醍醐天皇のためだけじゃない。故郷の……この国に住む民百姓の幸福のため。自分も一族郎党と共に泥に塗れて田畑を耕しても、皆が笑って暮らせる国を創る。士を失してひとり免るるは我意にあらず……新田義貞とはそういう男だったと思う」

「やっぱり面倒くさいね、男って」

口ではそう言ったが、彰子もそれが義貞の真意だと信じたい。

軍神として崇められる栄誉よりも、ひとりの愚直な武士として生きる道を選んだ——新田義貞とはそんな「面倒な男」だったに違いない。

「銅像はね、わたしの家の蔵にまたしまっておく。処分した方がいいのかもしれないけど、あの銅像はわたしのお祖父ちゃんや志帆のお祖父ちゃんが生きた証でもあるから」

彰子は誰にも語らないと決めた。でも、いつか子孫の誰かが銅像を見つけて、そして何かを探り当てるかもしれない。願わくは、その時は義貞や祖父——雨野貴幸の想いを継いで欲しい。彰子は強くそう願った。

四

「ところでさ」

彰子はあらためて隼人の顔を見た。

「どうしてもひとつだけわからないことがあるんだけど。中一の遠足でさ、生品神社で最初に会った時のこと覚えてる？」

「おまえがひとりぼっちで義貞像見てた時のことか？」

「そのひとりぼっちに隼人くんこう言ったよね。これは雨野の先祖だって」

「雨野家は義貞嫡男の新田義顕の子孫。先祖は義貞で何も間違ってないだろう？」

「それは間違ってないんだけど。でもさ、雨野なんてめずらしいけどたまにはある苗字でしょう。なんでわたしが義貞直系の子孫だってわかったの？　瑞子さんから聞いてたとか」

「あの時はまだ祖母ちゃんと暮らしていない。一緒に住むようになったのは、親父とお袋が離婚した後だ」

「だったら……」

どうして義貞の子孫だとわかったのだろうか？　首を傾げる横で、隼人は決まり悪そうに左手で髪にさわりかけて、途中で手を止めた。

「学校でバスに乗る時、おまえのクラスが俺のクラスの前を通った」

「……通ったっけ？」

「通ったんだよ。それで生品神社に着いたらおまえがポツンとひとりでいたから」

「いたから？」

「声をかける口実なんて、別に何でも良かったんだよ。先祖が豊臣秀吉でも楊貴妃でも、ナポレオンでも」

「じゃあ、義貞の子孫っていうのは？」

「祖母ちゃんにおまえの話をした時、義貞の子孫が雨野というのは聞いた。でも、おまえがそうだと、それから由良家がどんな家か聞かされたのは俺が高校生になった時だ」

「それじゃあ……」

そのことを初めて聞いて彰子はクスっと笑った。

「何だよ」

「うん。男の子は純情だなーて思って」

「褒めてんのか、貶してんのかどっちだ？　まあ、俺の慧眼だったということでいいか、彰子姫？」

「前にも言ったけどさ、隼人くんだけはその言い方は止めて」

彰子は強めの口調でそう言い、隼人の顔を見つめた。

「新田の秘密は封印する。だからもう雨野と由良も主従じゃない。わたしは隼人くんとは並んで……そしてずっと一緒に歩きたい」

「俺は義貞像の前で出会った時からずっとそう思っている」

「隼人君……」

「なら、郎党として最後の役目を果たしておくか」

彼はコートの内側から黒鞘の短刀を——義貞の護り刀を取り出した。生品神社で預けた後、ずっとそのままになっていた。

「どうする？　これも義貞像と一緒に封印しておくか」

「これはねぇ……」

彰子は護り刀を隼人から受け取った。義貞が嫡男の義顕に託し、雨野家に七百年の間伝えられた新田家嫡流の証だった。

護り刀を手にして彰子は、稲村ヶ崎の崖の先まで進んだ。眼下には黄金色に光り輝く海が広がる。

彰子は護り刀を水平に掲げると、海上を遥々と伏し拝んだ。

次の瞬間、彰子は護り刀を空へと向けて放った。護り刀は一度茜色の空の中に吸い込まれると、稲村ヶ崎の海へと消えていった。

「おい、いいのかよ。あれは新田家嫡流の証だぞ？」

「いいの。この先七百年あとの未来も、ずっとずっとこの海と空とが平和で美しいように」

振り返ると隼人は少し呆れ顔をしたが、笑って彰子に手を差し伸べた。

彰子はその手を握ると「さあ、行こうよ」と強く引いて、稲村ヶ崎から駆け出した。

# 跋　越前　―建武五年閏七月二日―

建武五年（一三三八）の夏は過ぎようとしていた。

「そうか……義顕の子は天野政貞に守られ無事に逃げ落ちたか」

「はい。今頃はもう安芸国まで逃れておりましょう」

膝をついて由良新左衛門《しんざえもん》は報告した。それを聞いても新田義貞は表情を変えることもなく、床几に腰をおろしていた。

京都をめぐる戦いで足利尊氏に敗れた新田軍は、越前へと落ち延びていた。この地の兵を集めて再び京都に攻め上るべし――それが今は吉野に入って「南朝」を打ち立てた後醍醐天皇の命令だった。

「不服そうだな」

新左衛門の頭の上に義貞の声が響いた。

「何か言いたいことがあるなら申してみよ」

「御館様にお訊ねしたいことがございます。どうして、吉野の帝に未だに従われます。すでに我ら越前の新田はあの者たちによって捨て石にされたも同然ですぞ」

新左衛門は日頃の不満を義貞にぶつけた。

五年前に義貞が鎌倉幕府を滅ぼし、後醍醐天皇による「建武の新政」が開始された。それは、京都の公家のみを優遇する政治であり、早々に武士である足利尊氏が離反した。

義貞は後醍醐天皇の命に従い、各地で尊氏と戦った。しかし武士に何の実りもなく、民の暮らしをなにひとつ顧みない新政の有り様は絶えず足枷となり、孤軍奮闘虚しく遂に尊氏に敗れて越前に落ちたのである。

新田軍は今も越前の各地で戦い続けていたが、そこには鎌倉を攻め落とし、足利尊氏と互角に渡りあった昔日の勢いはない。長い戦いで歴戦の勇士を失い、生き残った者たちも疲弊し尽くしていた。

それでも、吉野からは京都奪還を急かされるばかりで、支援らしい支援もない。かつては多くの武士に神の如く崇められた義貞を、「武士の裏切り者」と陰口を叩く者ももう珍しくなかった。

「出過ぎた真似と承知で申し上げる。我らはもう兵をまとめて郷里へ……新田荘へ帰るべきではありませんか？　もっと早くそう決断していれば、若殿とて討死せずに済んだはず」

「義顕か」

義貞の表情がほんの僅か変化した。

「若殿は金ヶ崎城で壮絶に討死されました。義顕様こそ新田の棟梁に相応しい御方だった。それを……」

「こんな戦で死なせてしまったな。すべては父であり棟梁であるこのわしの選んだ道のせいよ」

一年半前――義貞が徴兵で城を出ている間に、敦賀の金ヶ崎城は六万の敵軍に包囲された。城兵は四百人たらず――義顕はそれでも屈せずに三度も敵を敗走させたが衆寡敵せず、二十一歳の命を散らせた。

義顕の戦死以来、新田軍の将兵は生気を抜かれたようになった。この先に待っているものは滅亡――誰もがそれを感じながら、果ての見えない戦場に立ち続けていた。

「新左衛門、おまえは義顕と仲が良かったな。このわしを恨んでおるか?」

「少なくとも若殿が棟梁であるならこれ以上、南朝のために戦いはしますまい。尊氏と和睦してでも、新田家の存続を図ったはず」

「義顕は頭が良かった。そうさな……最初からすべて見通していた。鎌倉の幕府を倒しても、新田家の未来が開けぬことも」

「その開けぬ未来のために御館様はいつまで戦われるおつもりです?」

「開けぬ未来か。わしはそれでも良いと思っている」

「何と……」

新左衛門は絶句したが、義貞はここ最近の苦戦の中で不思議に思うほど、その表情は穏やかだった。

「鎌倉の幕府を倒したのは我ら新田だ。だが、帝の目指された世は、この国に住む多くの者の願った世とは違った。この先、我らがこの越前の戦に勝つことはあっても、もう大勢は変わるまい。吉野の南朝は潰え、足利尊氏が京都に幕府を開き天下の主となろう」

「そこまで思われるのなら御館様はこの先、一体なんのために戦われるのですか?」

「この国と民との未来を開くためだ。たとえ新田家の未来を潰えさせても。それが先の世を滅ぼした我らの責任だ」

「御館様は南朝を道連れに死ぬお覚悟か」

それに義貞は何も応えなかった。楠木正成も北畠顕家《きたばたけあきいえ》もすでに戦死し、南朝に残された有力武将は新田義貞ひとりだった。義貞の命が果てる時が、南朝の命運の尽きる時になるだろう。

「義顕の子は陰ながら見守ってやってくれ。新田の名を名乗ることができなくとも、誇りを叫ぶことができずとも。その心に一振りの刃を抱いて生きよ。義顕もそう望んでいよう」

義貞は自分の腰に手を当てた。かつてそこにあった黒鞘の短刀はない。「新田の誇り」ともいうべき刀は、義貞から義顕の手を経てその子に伝わっているはずだ。

「申し上げます」

本陣に郎党が走り込んできた。敵の城を攻めている味方が苦戦しているとの報告に、義貞は床几から立ち上がった。

「どれ、もう一合戦」

兜を手に本陣から出ていく義貞の背に、新左衛門は深々と頭を垂れるとその後を追った。

## 参考文献

『太平記』（新潮日本古典集成　一九七七年）
『新田氏研究』（日本魂社　一九一八年）
『新田義貞公六百年大祭記念録』（藤島神社　一九四〇年）
『新田義貞錦絵写真集』（新田町図書館　一九九一年）
『太田市史　通史編　近世』（太田市　一九九二年）
伊禮正雄「新田義貞論―歴史上の人物の評価について―」（石井進編『中世の法と政治』一九九二年）
磯貝富士夫『中世の農業と気候―水田二毛作の展開―』（吉川弘文館　二〇〇二年）
宮崎俊弥「昭和天皇の桐生市行幸と誤導事件」（『地方史研究』第三〇五号　二〇〇三年）
峰岸純夫『新田義貞』（吉川弘文館　二〇〇五年）
手島仁「新田義貞公挙兵六百年祭の史的考察」（『群馬県立歴史博物館紀要』第二七号　二〇〇六年）
『上毛及上毛人』第一九三号　第二〇二号　第二一一号　第二二五号　第二五〇号　第二五一号　第二五四号
『上毛新聞』一九三三年五月八日　一九三四年十一月十六日、十七日、十八日、十九日、二〇一〇年二月二十日
『朝日新聞』一九八五年一月四日「それぞれの昭和」

# あとがき

ふとカレンダーを見れば、これを書いている今日は二〇二三年八月十七日でした。それは本作にとって大切な日です。まず、祈りを捧げてから人生初執筆の「あとがき」をスタートします。

あらためまして『銅の軍神―昭和天皇誤導事件と新田義貞像盗難の点と線―』をお読みいただきました皆様、ありがとうございます。智本光隆と申します。一応、歴史作家として活動しております。過去作は戦国時代、幕末などを描いていますが、今作はちょっと毛色の違う作品になっています。

さて、今作のキーワードは「新田義貞」「銅像」「昭和天皇誤導事件」です。

「新田義貞」というと近年はやや忘れられていますが、鎌倉幕府を滅ぼした武将であり、鎌倉の稲村ケ崎で黄金作りの太刀を奉じた逸話が知られています。群馬では「上毛かるた」で「歴史に名高い新田義貞」と詠まれ、多くの人に親しまれている存在です。義貞は後醍醐天皇軍の総司令官として足利尊氏と互角に渡り合いますが、やがて京都を追われて非業の最期を遂げます。その後の歴史の中で「名将」「凡将」と評価の変化が激しい人物です。

その義貞の姿を模した「銅像」が戦前は群馬県の各地に存在していましたが、戦争が終わるとそれらの多くは何時の間にか姿を消していました。一体だけ残ったのは義貞が旗揚げしたと伝わる、太田市の生品神社の銅像でした。その後、この小さく愛らしく威厳ある銅像は地域の人に大切に守られましたが、ある日突然消えてしまいます。

この「新田義貞像盗難事件」は二〇一〇年（平成二十二年）に実際に起こった事件です。本作では少々アレンジを加えています。

そして「昭和天皇誤導事件」です。一九三四年（昭和九年）十一月、群馬県を行幸中だった昭和天皇一行が桐生市の十字路で忽然と姿を消します。事件は前代未聞の失態と報じられ、責任を感じた先導役の本多重平警部が自決行為に及ぶなど、昭和史に残る大事件となりました。今なお地域の傷であるこの事件は、一見して義貞となんの関係もありませんが……

この三つがある日、現代の大学院生である雨野彰子に降りかかったのが今回の作品です。初めての現代物ですが、読者の皆様にお楽しみいただけたなら嬉しい限りです。

前作『猫絵の姫君―戊辰太平記―』に続いて、表紙をお描きいただいたアオジマイコ先生、今回も素晴らしいイラストをありがとうございました。『銅の軍神』の世界観がまた一歩広がったように思います。ご協力いただきました群馬県立図書館様、藤島神社様、国立天文台様はじめ、本作に関わっていただけた方々に御礼申し上げます。編集様、校正、校閲担当者様、深く深く感謝です。

なにより、最後までお読みいただいた読者の皆様、ありがとうございました。近いうちにまたお会い出来ますように。

あ、最後にひとつ。生品神社から盗まれた新田義貞像をお持ちの方が世界のどこかにいましたら、早急にご返却ください。あれは彰子にとっても地域にとっても、そして私にとっても大切な銅像であり、連綿と続いてきた歴史の一風景なのですから。

智本光隆

**【著者紹介】**

智本　光隆（ちもと　みつたか）

1977年、群馬県前橋市生まれ。
京都精華大学を経て群馬大学社会情報学研究科修士課程修了。研究成果を生かして歴史小説の執筆を開始する。新田氏と南北朝動乱を斬新な切り口で描いた『風花』で、第14回歴史群像大賞優秀賞を受賞。2010年に『関ヶ原群雄伝』でデビュー。同作はシリーズとなる。以後、『本能寺将星録』『豊臣蒼天録』など戦記物の分野で新機軸を打ち出した。最新作は『猫絵の姫君―戊辰太平記―』。
他に戦中、戦後の歴史観の変遷に迫った論著『新田義貞論―政治の変遷が生んだ光と影―』（別名義）がある。

**銅《あかがね》の軍神《ぐんしん》　――天皇《てんのう》誤導《ごどう》事件《じけん》と新田《にった》義貞《よしさだ》像《ぞう》盗難《とうなん》の点《てん》と線《せん》――**

2023年11月4日　第1刷発行

著　者 ― 智本《ちもと》　光隆《みつたか》

発行者 ― 佐藤　聡

発行所 ― 株式会社 郁朋社《いくほうしゃ》

〒101-0061　東京都千代田区神田三崎町2-20-4
電　話　03（3234）8923（代表）
ＦＡＸ　03（3234）3948
振　替　00160-5-100328

印刷・製本 ― 日本ハイコム株式会社

装　画 ― アオジ　マイコ

装　丁 ― 宮田　麻希

落丁、乱丁本はお取り替え致します。

郁朋社ホームページアドレス　http://www.ikuhousha.com
この本に関するご意見・ご感想をメールでお寄せいただく際は、
comment@ikuhousha.com　までお願い致します。

　ISBN978-4-87302-804-0 C0093